Sowieso und überhaupt

Dachs-Verlag

Christine Nöstlinger

Sowieso und überhaupt

Ein besinnlich-
heiterer
Familienroman

DACHS-VERLAG

Umschlag nach einem ORF-Szenenfoto: Reiner Bausinger
Schrift: Times 12/15p
Satz: Peter Kautzner, Satz- und Druckservice, Wien
Druck: Wiener Verlag, Himberg

1. Auflage
ISBN 3-900763-666
Printed in Austria
91024/300/1

Die wichtigen Personen der Handlung:

Die Erzähler:

Ani Poppelbauer, laut Geburtsurkunde Anatol, 13 Jahre alt, Freund guter Bücher und Zweithaut-Besitzer.

Karli Poppelbauer, laut Geburtsurkunde Karoline, 15 Jahre alt, Freundin bedeutender Knaben und Besitzerin von gröberen Schulproblemen.

Speedi Poppelbauer, laut Geburtsurkunde Benjamin, 7 Jahre alt, Freund aller, die ihn für einen Quälgeist halten, und Besitzer eines ungebrochenen Selbstbewußtseins.

Die, über die erzählt wird:

Sissi Poppelbauer, Mutter von Ani, Karli und Speedi, Freundin eines harmonischen Familienlebens und Besitzerin eines Wollgeschäfts.

Rainer Poppelbauer, Vater von Speedi, Karli und Ani, Freund von Angelsport und Unabhängigkeit, Besitzer eines „weiten" Herzens.

Der Wilma-Fisch, eine wesentlich nettere Frau als voreilig angenommen.

Dr. Zwickleder, ein Steuerberater, der nicht die Gefahr ist, für die er anfangs gehalten wird.

Die Großmutter, eine „Heimsuchung".

Die Oma, ein „Glücksfall".

Wuzi, eine Seele von einem Menschen.

Rosi, eine wahre Freundin.

Konni, ein Trugbild.

Zwizwi, ein Aufklärer.

Lilli, ein Mädchen, das Kerlchen hat.

Der Woll-Co, ein Lotterweib.

FERNER:

1 Vorzimmerdame, 1 Dr. Bims, 1 Buchverschenker, sowie diverse andere Personen, die den Alltag abrunden.

Der Wilma-Fisch

Ani erzählt:

Ich heiße Anatol Poppelbauer. Daß man mich – familienintern – Ani nennt, habe ich meiner großen Schwester zu verdanken. Aber die kann eigentlich auch nichts dafür. Daran, daß ich daheim auf diesen sehr weiblich klingenden Vornamen zu hören habe, tragen mein Vater und meine Mutter die Schuld, beziehungsweise der sonnige Humor, den sie in früheren Zeiten gehabt haben.

Gekommen ist das so: Als sie ihren allerersten Nachwuchs erwarteten, waren sie sich ganz sicher, einen Sohn zu bekommen, und beschlossen, diesen Knaben Karli zu nennen. Nach meinem toten Großvater väterlicherseits, und auch deswegen, weil sie meinten, daß die schönen, alten einheimischen Namen nicht aussterben sollen. Und dann war der Sohn eine Tochter, und meine Oma, die sich von Anfang an eine Enkelin gewünscht hat und den Namen Karli sowieso und überhaupt nicht mag, die hat im Krankenhaus, vor dem Bett meiner Mutter, einen Jubelsamba getanzt und hat gerufen: „Gottlob, kein Karli! Der Himmel hat ein Einsehen gehabt!"

Und weil meine Mama der Oma, ihrer Mutter, immer widersprechen muß, hat sie darauf gesagt: „Doch! Es bleibt beim Karli! Karoline wird sie heißen!"

So hatten meine Eltern also eine Tochter namens Karli. Als ich dann drei Jahre später zur Welt kam, suchten sie

– zum gerechten Ausgleich – für mich einen Namen, den man so abkürzen kann, daß er zu einem Mädchennamen wird. Beinahe hätten sie mich schon AmbROSIus getauft. Dann wäre ich heute eine Rosi. So gesehen, muß ich ja wohl noch für das blöde ANI dankbar sein.

Jedenfalls wäre ich sowieso und überhaupt dafür, daß man als Baby bloß einen provisorischen Namen bekäme und sich seinen endgültigen Vornamen dann später selbst aussuchen könnte. Aber das ist freilich eine ziemlich unrealistische Idee, denn Kinder dürfen sich ja auch sonst im Leben nichts selber aussuchen, die werden – da oder dort – wo hineingeboren und haben mit dem zufrieden zu sein, was sie als Vater und Mutter, als Wohnort und Familieneinkommen, als Geschwister und Weltanschauung der Eltern so vorfinden. Kinder haben halt keine Lobby, die hinter ihnen steht und ihre Ansprüche wahrnimmt und durchsetzt. Das sieht man ja schon daran, daß Eltern, die ein Kind nicht wollen, es zur Adoption freigeben können. Wenn jedoch ein Kind seine Eltern nicht haben will, kann es sie nicht zur Adoption freigeben und sich andere suchen!

Klingt sauer? Bin ich auch! Stinksauer sogar, im Moment! Ich bin ein relativ bescheidener, pflegeleichter Knabe und falle, familienmäßig gesehen, keiner Menschenseele auf den Wecker. Alles, was ich mir vom häuslichen Leben erwarte, wäre, daß ich meinen Frieden und meine Ruhe hätte und eine halbwegs harmonische Grundstimmung in der Familie. So eine, wo man sich nicht tagtäglich fragen muß: Gibt es jetzt wieder Streit zwischen den Alten? Oder wird er auf morgen vertagt?

Gerade ist es wieder einmal soweit! Meine Herrschaften Eltern stehen heute auf keinem „Gesprächsfuß“ miteinander. Nicht einmal in „Blickkontakt“ stehen sie zueinander. Da sie aber trotzdem gewisse Botschaften übermitteln wollen, benutzen sie ihren Nachwuchs als Zwischenträger. Zum Backenzahnwehkriegen ist das! Und mein kleiner Bruder, der Speedi, der spielt da auch noch bereitwillig mit! Rennt zur Mama und fragt, wo denn die blaue Hose vom Papa ist. Rennt zum Papa und sagt, daß die blaue Hose in der Putzerei ist. Rennt zur Mama und fragt, wo ein Paar Sokken ist, das zusammenpaßt. Rennt zum Papa und sagt, daß die Mama „ein Geld“ braucht. Rennt mit „zwei Geld“ zur Mama ... und kommt sich auch noch rasend wichtig vor!

Wahrscheinlich kann man von dem Zwerg nichts anderes erwarten. Die Karli meint, daß dem Speedi unsere häusliche Streitlage ganz normal vorkommen muß, weil er ja nichts anderes kennt. Als er das Licht der Welt erblickte, hatte die Langzeitkrise unserer Eltern schon ihren Anfang genommen. Unsere Oma hat einmal zu mir gesagt, der Speedi sei das Ergebnis eines intensiven Versöhnungsversuches von meiner Mutter mit meinem Vater.

Außerdem: Vielleicht übertreibe ich ja wirklich, und vielleicht ist das, was sich meine Eltern so liefern, normal. Ich erlebe ja bloß die Ehe von Papa und Mama als Augenzeuge mit und weiß nicht, wie es anderswo zugeht, und wieviel Gekeif und dicke Luft und eisige Atmosphäre als „noch normal“ angesehen werden müssen. Vielleicht bin ich auch zu sensibel. Meine Schwester jedenfalls behauptet das. „So übertreib doch nicht immer“, sagt sie, wenn ich mich bei ihr beschwere. „So arg sind der Papa und die Mama ja nun auch wieder nicht. Und andere Eltern haben dafür andere Nachteile! Und die sind noch wesentlich schwerer auszuhalten!“

Die Karli hat eben eine rosarote Brille aufgesetzt und schaut rund um die Uhr durch diese durch. Sie hat eine elefantendicke Haut und ist ferkelzufrieden, solange ihr niemand ihre hundsmäßig schlechten Schulnoten vorhält, kein Eiterpickel auf der Stirn sprießt, das Taschengeld ausbezahlt wird und ihre Flamme, der Wuzi, brav hinter ihr herzockelt und ihre Stimmungen erträgt. Warum der Wuzi das so brav tut, ist mir sowieso und überhaupt ein Rätsel. Der ist nämlich ein kluger, grundvernünftiger Mensch und hätte sich etwas weit Besseres verdient als meine Schwester, mit der man über gar nichts, was wirklich wichtig ist, reden kann. Und so eine Schönheit, daß man das bei ihrem Anblick vergessen könnte, ist sie ja nun wahrlich nicht.

Dabei würde ich gerade jetzt dringend jemanden brauchen, mit dem ich mich ernsthaft beraten könnte. Ich weiß nämlich etwas, von dem ich nicht weiß, ob es auch meine Mutter weiß. Und für den Fall, daß sie es nicht weiß, weiß ich wiederum nicht, ob sie es wissen sollte.

Zu diesem Wissen gelangte ich durch puren, unglücklichen Zufall. Vor drei Wochen war es, an einem Dienstag, am späten Nachmittag. Ich war in der Stadt drinnen, in einer großen Buchhandlung, in der Abteilung für antiquarische Bücher, und ganz gierig darauf, einen Doppelband Ray Bradbury zu kaufen. Aber ich hatte nicht einmal mehr einen löchrigen Heller in der Tasche, weil ich mir schon in einer anderen Buchhandlung ein paar Taschenbücher gekauft hatte. Mein ganzes Geld geht auf Bücher drauf, und hätte ich dreimal so viel Taschengeld, würde das auch nichts nützen, so viel Taschengeld, daß ich mir alle Bücher kaufen könnte, die ich wollte, gibt es gar nicht!

Der Buchhändler im Antiquariat war ein alter Grantscherm. Er war nicht bereit, mir den Bradbury ohne Anzahlung bis zum nächsten Tag zur Seite zu legen. Der war so einer von der Sorte, die sich denkt: Kinder haben ein kurzes Gedächtnis, die wissen morgen nimmer, was sie heute gewollt haben! Weil das Büro, in dem mein Vater arbeitet, gar nicht weit weg von der Buchhandlung ist, beschloß ich, mir das Geld vom Papa zu holen. Geld für Bücher gibt er immer her, und daß er noch im Büro sein würde, bezweifelte ich nicht, denn mein Vater gibt sich ja unentwegt als Überstunden-Arbeitstier aus, welches außer Streß, Leistungsdruck und Karriereleiter-Hochklettern keine Freude im Leben hat.

Als ich bei seinem Büro um die Ecke galoppiere, wer wieselt da aus dem Haustor vom Büro? Mein Papa! Zielstrebig marschiert er auf ein Auto zu, das nicht das seine ist. Am Auto lehnt eine Dame. Der gibt er Küßchen links auf die Wange und Küßchen rechts auf die Wange, dann hopsen er und die Dame in das Auto und zischen ab. Die Dame war mir nicht unbekannt. Sie heißt Wilma Holzinger. Vor drei Jahren war sie die Freundin eines Bürokollegen vom Papa. Zweimal hat dieser Bürokollege diese Wilma zu uns nach Hause zum Essen gebracht. Und einmal war sie beim

Chef vom Papa, auf einem Sommerfest, wo wir auch eingeladen waren. Aber da war sie schon wieder von jemand anderem die Freundin. Von so einem glatzigen Kerlchen, von dem die Mama gesagt hat, daß es eine sehr „schöne Seele“ habe.

Wahrscheinlich ist das, was ich hinterher getan habe, wirklich nicht sehr edel. Doch ich will mich eben immer genau auskennen! So habe ich jeden Tag, gegen fünf Uhr am Nachmittag, an der Ecke beim Büro vom Papa Posten bezogen und herausgefunden, daß der werte Magister Poppelbauer am Montag und am Mittwoch und am Freitag tatsächlich Überstunden macht, sich am Dienstag und am Donnerstag jedoch überpünktlich von seinem Arbeitsplatz entfernt, um sich mit der Wilma Holzinger zu treffen, die ihn in ihrem Auto abtransportiert. Anzunehmen ist, daß sie ihn dann um Mitternacht wieder zum Büro zurückfährt, weil sein eigenes Auto immer in der Nähe vom Büro geparkt ist und er ja dann in seinem Auto daheim vorfährt.

Seit ich das alles weiß, liegt für mich auch der Schluß nahe, daß sich mein Vater an den Wochenenden nicht wirklich dem entspannenden Angelsport in Gesellschaft von Bürokollegen hingibt, sondern sich mit dieser Wilma zu anders gearteter entspannender Tätigkeit trifft. Beweise dafür habe ich freilich keine. Indizien schon! Erstens bringt mein Vater nie einen Fisch vom Angeln heim. Er sagt entweder, es habe „nichts gebissen“, oder er sagt, er habe seinen Fang einem Kollegen mitgegeben, weil der Fisch für uns fünf zu klein gewesen wäre und wir Fisch ohnehin nicht mögen. Zweitens nimmt er nie einen Köder mit, und wenn man ihn fragt, warum er keinen dabei hat, sagt er, den besorge sein Kollege, der Günter, der habe da eine gute Quelle. Und drittens sind seine Gummistiefel, wenn er nach dem Angelausflug heimkommt, überhaupt nicht dreckig! Daß mein Vater seine matschigen, gatschigen Stiefel säubern würde, bevor er sie in den Kofferraum zurücktut, das kann nun wirklich niemand, der ihn kennt, annehmen. Mein Vater macht nie etwas selbst sauber. Nicht einmal die Badewanne, nachdem er gebadet hat. Er läßt sogar das feuchte Badetuch auf dem Boden liegen. Und seine Stinksocken findet man dort, wo er sie ausgezogen hat. Einen auf dem Klo, einen im Wohnzimmer vor der Sitzbank. Und wenn er einmal ein schmutziges Häferl in den Geschirrspüler tut, dann hält er sich schon für einen perfekten Hausmann und beantragt einen handgestickten Orden.

Die Indizien, die ich gesammelt habe, müßten der Mama natürlich auch aufgefallen sein. Doch dafür wiederum habe ich keinerlei Indizien. Entweder ist meine Frau Mutter mit völliger Blindheit geschlagen, oder sie hat sich eisern unter Kontrolle. Am Samstag, wie sich der Papa wieder einmal zum Angeln aufgemacht und der Speedi mich gefragt hat, welche Art von Fisch der Papa eigentlich angelt, große oder kleine, dicke oder dünne, da habe ich geätzt: „Einen Wilmafisch, lieber Bruder!"

Worauf der Speedi gegreint hat, daß es doch keinen Fisch namens Wilma gibt, und daß ich ihn schon wieder einmal für blöd verkaufen will. Er ist zur Mama gelaufen und hat sich seine Meinung bestätigen lassen wollen. Und die Mama, ich habe sie dabei genau beobachtet, hat in aller Seelenruhe gesagt, daß auch ihr eine Fischart namens Wilma unbekannt sei.

Mit keiner einzigen Wimper hat sie gezuckt. Keinen entsetzten Blick hat sie gehabt!

Ich kann mir einfach nicht vorstellen, daß meine Mutter die Erkenntnis, ihr großer Sohn wisse vom „Verhältnis" seines Vaters, so gelassen hinnehmen würde. So ist sie nicht! Und da liegt ja nun mein Problem! Ich will wirklich nicht, daß sie mir dann irgendwann einmal vorhält: Wenn ich das gewußt hätte, hätte ich dieses oder jenes getan, hätte ich Maßnahmen ergriffen und die Sache schon in den Griff bekommen! Aber ich war ja ahnungslos, und keiner hat mir die Augen geöffnet, und darum ist meine Ehe kaputtgegangen!

Mit dem Wuzi kann ich die Sache leider nicht besprechen, obwohl der ansonsten ein erstklassiger Ratgeber in komplizierten Lebenslagen ist. Aber der Wuzi hat nie einen Vater gehabt, der ist außerehelich und kennt sich da nicht aus. Die Oma, die üblicherweise ziemlich weise ist, ist in diesem Fall auch keine Ansprechperson, denn sie hat den Papa noch nie leiden können. Die würde, aus reiner Gehässigkeit, der Mama sofort alles brühwarm erzählen, ohne zu überlegen, ob das vernünftig ist. Und die Großmutter, die Mutter vom Papa, die taugt für so etwas überhaupt und sowieso nicht! Die Frau ist so verklemmt und prüde, daß sie in Ohnmacht fallen täte, wenn ihr klar würde, daß ihr Enkel weiß, daß Väter eine Geliebte haben können. Angeblich hat mein Großvater, ihr Mann, zwanzig Jahre lang eine Geliebte gehabt, und sie ist nicht dahinter gekommen. Jedenfalls hat das der Papa einmal erzählt. Bleibt mir also doch nur die Karli! Ob sie es will oder nicht, ich muß ihr einfach die rosarote Brille von der Nase holen!

Bei rosaroten Brillenträgern richtet man weder mit Argumenten noch mit dem „Augenschein“ viel aus. Was ein rosaroter Brillenträger nicht wissen will, das sieht er einfach nicht!

Zuerst, als ich der Karli vom Wilma-Fisch Mitteilung machte, erklärte sich mich schlichtweg zum „abnormalen Spinner“ und tat schrecklich entrüstet darüber, daß ich so etwas Mieses und Fieses wie „Nachspionieren“ überhaupt über mich gebracht habe. Als ich nicht locker ließ, erklärte sie sich bereit, mit mir am Dienstag beim Büro vom Papa Posten zu beziehen. Aber nur, um mir zu beweisen, wie lächerlich und absurd mein Verdacht sei! Und als dann alles so war, wie ich es vorausgesagt hatte, Auto, Wilma, Küßchen, war sie bloß für ein paar Augenblicke piff-paff, holte dann wieder tief Luft und erklärte mir am Heimweg, daß es tausendunddrei harmlose Gründe gäbe, warum sich der Papa regelmäßig mit dem Wilma-Fisch trifft, und daß man da nicht gleich an Liebschaft denken müsse. Küßchen unter Bekannten seien schließlich üblich! Und selbst wenn man an Liebe denke, müsse man sich keine gröberen Sorgen machen, denn diese Wilma sei nicht hübscher als unsere Mama, und hin und wieder habe jeder Ehemann ein kleines Techtel-Mechtel, und am klügsten sei es, alles zu vergessen, und am blödesten wäre es, der Mama davon zu erzählen!

Daß man im Moment der Mama davon nichts erzählen sollte, ist mir inzwischen selbst klar geworden, denn unsere Frau Mutter hat jetzt ohnehin reichlich genug um die Ohren. Ihr Co ist ihr abhanden gekommen. Der Co heißt Theresa-Charlotta, ist ein echter Trampel und hat zusammen mit der Mama ein Wollgeschäft. Vor drei Jahren haben meine Mama und die Theresa-Charlotta einen leeren verlotterten Laden gemietet, haben ihn renoviert und mit Wolle vollgestopft, weil Stricken jetzt angeblich wieder total „in" ist und ein Wollgeschäft ein „Hit". Aber erstens hat kurz danach zwei Ecken weiter ein viel größeres, schöneres Wollgeschäft die Pforten eröffnet, und zweitens hat die Charlotta mit dem Hausbesitzer einen blöden Mietvertrag gemacht, und der Hausbesitzer hat die Miete gigantisch erhöht, und der Rechtsanwalt hat gesagt, dazu hat er das Recht. Jedenfalls ist das Wollgeschäft nicht die „Goldgrube" geworden, von der die Mama und ihr Co geträumt haben. Mein Papa behauptet sogar, das Wollgeschäft sei ein Minusposten in unseren Familienfinanzen, es bringe nichts ein, es koste bloß. Und dazu kommt noch, daß der Co sehr unverläßlich ist. Abgemacht war, daß die Mama am Vormittag im Laden ist und der Co am Nachmittag. Doch das haut nicht richtig hin. Dauernd hat der Co irgendetwas Dringendes zu tun, was ihn davon abhält, am Nachmittag Wolle zu verkaufen und den Kundinnen Strickmuster zu erklären. Und jetzt ist der Co überhaupt für vier Wochen nach den USA geflogen. So muß die Mama auch am Nachmittag im Wollgeschäft sein. Bis sechs Uhr. Da kann sie nachher nicht einmal mehr etwas fürs Nachtmahl einkaufen.

Einkaufen könnten ja zur Not die Karli und ich. Aber jeden lieben Nachmittag den Speedi hüten, das ist zuviel verlangt von uns. Der Knabe denkt ja gar nicht daran, irgendwelche Anweisungen von der Karli oder von mir ernstzunehmen. Und ist lästig wie eine Armee von Gewandläusen! Dauernd soll man mit ihm spielen. Nicht einmal fernschauen will er allein. Auch da würde er einen Beisitzer brauchen, der mit ihm Händchen hält. Und wenn dann die Mama heimkommt, beschwert er sich, daß wir nicht nett genug zu ihm waren! Von der Großmutter will er sich auch nicht betreuen lassen. Doch das ist einzusehen. Die Großmutter nämlich die hält ihre drei Enkelkinder für „völlig unerzogen", und wenn sie am Nachmittag den Speedi „übernimmt", dann will sie die ganze Erziehung im Schnellzugstempo nachholen. Wie man ißt, wie man sich schneuzt, wie man ordentlich sitzt (und nicht lümmelt), wie man mit Erwachsenen redet und Ordnung hält, und wie man Hausaufgaben macht, alles will sie einem in einem Intensivkurs beibringen.

Die hat doch sogar einmal, als sie am Nachmittag bei uns war, die bodenlose Frechheit gehabt, einen Schulfreund von mir aus dem Haus zu weisen, bloß weil er sich bei der Jause mit Kakao angepatzt und deswegen „Scheißdreck, elendiger" geflucht hat. Der sei „kein Umgang" für mich, hat sie erklärt. Und die Mama jammert sie immer an, daß es sich nicht schickt, daß die Karli und der Wuzi – ohne elterliche Oberaufsicht – zusammen in einem Zimmer sind. Das gehört sich nicht! Sie teilt das ganze Leben in „gehört-sich" und „gehört-sich-nicht" ein. Doch eine vernünftige Erklärung dafür, warum sich etwas gehört oder nicht gehört, kann sie nie liefern. Da läßt sie, wenn man anfragt, bloß die Mundwinkel nach unten hängen und sagt beleidigt: „Sei bloß nicht frech!“

Eigentlich kommt nur die Oma mit dem Speedi wirklich gut zurecht. Doch die wohnt sehr weit weg von uns, am anderen Ende der Stadt. Um zu uns zu fahren, braucht sie mit der Straßenbahn ewig lange. Und sie ist nicht ganz gesund. Man kann ihr den täglichen langen Weg nicht zumuten. Und so wird mein kleiner Bruder, das arme Ferkel, im Moment herumgeschupft wie ein Postpaket. Einmal zur Oma, einmal zur Großmutter, einmal in den Wolladen, einmal zur Karli oder zu mir. Honiglecken ist das für ihn gewiß auch keines.

Es klingt ja verdammt heuchlerisch, wenn ich den Speedi einerseits mitleidig bedauere und anderseits nicht bereit bin, ihn öfter liebevoll und einfühlsam zu hüten. Aber es ist eben so, daß ich eher eine theoretische denn eine praktische Liebe zu ihm habe. Solange er mir aus den Augen und den Ohren ist, habe ich jede Menge Verständnis für ihn. Wenn er mir jedoch auf den Leib rückt, könnte ich ihn zum Mond hinauf schießen, damit ich nicht in Versuchung komme, ihn abzumurksen.

Apropos abmurksen! Da gibt es noch einen, bei dem ich diesbezügliche Gelüste hätte. Meinen Mathe-Profax. Der ist so ein typischer, schleimweich ins System passender Lehrer. Geschwollen und voll Pathos schwafelt er dauernd von Kameradschaft und Einander-Helfen und Kollegialität daher, aber hält man sich dann daran, flippt er aus und nimmt übel. Was, bitte schön, braucht denn ein Schüler, der in

Mathe auf einem beinharten Nichtgenügend steht, an kameradschaftlicher, kollegialer Hilfe nötiger als einen Schwindelzettel, von dem er die Rechenbeispiele abschreiben kann? Na eben! Aus dieser schönen Einsicht heraus bin ich dem Pauli, meinem Pultnachbarn, der in Mathematik ein völliger Versager ist, bei der letzten Schularbeit ein bißchen beigestanden. Sämtliche Beispiele seiner Gruppe habe ich ihm auf einem schönen Löschblatt ausgerechnet und zugeschoben. Und was tut der Dolm? Er schreibt alle vier Beispiele beglückt ab, grunzt sich hochzufrieden eins, klappt sein Heft zu, gibt es ab und merkt nicht, daß der Schwindelzettel noch immer drinnen liegt! Nicht einmal hinterher hat er es überrissen. Bis zur Rückgabe der Arbeit habe ich gedacht, es sei alles in Ordnung. Und dann kommt der Mathe-Mann mit dem Heftestoß in die Klasse und schaut schon so komisch. Er zieht das Heft vom Pauli aus dem Stoß und aus dem Heft das beschriebene Löschblatt, wachelt mit dem höchst erregt in der Luft herum und fragt mich, was ich dazu zu sagen habe.

Was hätte ich schon sagen sollen? Vielleicht: Bitte um Verzeihung, ich werde es nie mehr tun? Oder sonst einen demütig-kriecherischen Blödsinn? Am besten wäre es wohl gewesen, ich hätte den Mund gehalten und gar nichts gesagt. Doch der Mathe-Mann reizt mich immer dazu, ihn ein bißchen auf die Schaufel zu nehmen. Darum habe ich ihm mit freundlicher Miene geantwortet: „Es war eben ein Mißgeschick!“

Worauf er noch empörter geworden ist und ich gesagt habe: „Ist doch ein Mißgeschick, wenn der Pauli vor lauter

Aufregung den Schwindelzettel im Heft vergißt! Absicht war es sicher nicht."

Hat der Mathe-Mann gefaucht, daß er mich warnt. Habe ich gefragt, wovor er mich denn warnt. Hat er gebrüllt, daß ich ja nicht glauben soll, mir alles leisten zu können, bloß weil ich vorzügliche Schulnoten habe. Habe ich gesagt, daß er mit mir nicht herumbrüllen soll, weil ich das nicht leiden kann. Hat er weiter gebrüllt. Irgendwas von Unverschämtheit. Und daß es ihm reicht. Da habe ich gefunden, daß es mir auch reicht, habe meine Schultasche aus dem Pultfach genommen, unter den Arm geklemmt und bin zur Klasse und zum Schulhaus hinaus, obwohl ich noch drei Schulstunden abzusitzen gehabt hätte.

Irgendwie, meine ich, hat man den Lehrpersonen hin und wieder auch die Grenzen ihrer Macht zu demonstrieren!

Klarerweise hat der Mathe-Mann zum Gegenschlag ausgeholt und will mir nun die Grenzen meiner Macht demonstrieren. Beim Klassenvorstand hat er sich beschwert, und der will nun nicht nur eine väterliche Entschuldigung für die drei Fehlstunden, sondern auch einen Besuch meines Herrn Vaters in der Sprechstunde.

Ich denke gar nicht daran, meinen Vater in die Schule zu jagen. Nicht, daß ich Angst davor hätte, die Sache meinem Vater beizubringen! Der Papa schert sich um Lehrergejammer nicht viel. Mir geht es um einen schönen Gag, den ich landen will. Ich habe viel übrig für gut inszenierte Aktionen!

Der Klassenvorstand wird einen wunderschönen Brief bekommen. Auf dem Briefpapier vom Papa. Und vom Papa unterschrieben! Ich habe mir den Brieftext bereits ausgedacht. Er lautet so:

Verehrter Doktor Bims,

mein Sohn Anatol wurde von mir zu einem hilfsbereiten Kinde erzogen. Dieser Aufzucht gemäß hielt er es für seine Pflicht, sein Wissen einem Mitschüler zur Verfügung zu stellen, da sich dieser in einer Notlage befand; auch wenn dieses Verhalten nicht im Sinne der Lehrperson war. Ferner bitte ich die drei Fehlstunden entschuldigen zu wollen. Ich habe meinem Sohn immer erklärt: Wenn dich wer anbrüllt, brülle nicht zurück, sondern entferne dich!

Hochachtungsvoll
Rainer Poppelbauer

Blöd ist nur, daß ich im Maschinschreiben eine Vollniete bin. Um meinen irren Gag zu landen, brauche ich nämlich nicht nur diesen Brief, sondern auch ein paar andere mit der Maschine getippte Wische. Und es gelingt mir nicht, auch nur eine einzige Zeile fehlerfrei hinzukriegen. Und unsere Schreibmaschine ist eine ohne Korrekturtaste. Ich brauche aber piekfein geschriebene Briefe, sonst glaubt der Bims nie, daß sie vom Mag. Poppelbauer stammen.

Die Karli muß mir den Kram tippen. Die ist maschinschreibmäßig fast perfekt.

So! Jetzt habe ich alle meine Wische. Den Brief an den Bims, dann einen, wo kundgetan wird, daß ich beabsichtige, an der Schluckimpfung gegen Kinderlähmung teilzunehmen, und einen, wo ein Elternabend angesagt wird, und einen, wo der Preis der Schulmilch erhöht wird. Und eine Wette habe ich auch abgeschlossen. Um fünfzig Schilling habe ich mit der Karli gewettet, daß mir der Papa den Brief an den Bims unterschreiben wird.

„Nie im Leben tut er das", hat die Karli behauptet. Weil ich ihr meinen Plan nicht verraten habe! Aber der Papa wird. Und zwar gleich heute am Abend. Heute ist nämlich Donnerstag. Wilma-Fisch-Tag. Und er wird garantiert erst gegen Mitternacht, erschöpft von den Überstunden, heimkommen. Und ich werde ihm im Vorzimmer auflauern und ihm alle meine Wische zum Unterschreiben hinhalten. Zuoberst die Schulmilch, dann den Elternabend und die Schluckimpfung und zuunterst das Bims-Schreiben. Ich werde ihm sagen, daß das lauter blöder Schulkram ist, und daß ich den deswegen um Mitternacht signieren lasse, weil ich am Morgen immer so verschlafen bin und darauf vergesse. Und er, mit seinem schlechten Gewissen, da bin ich mir ziemlich sicher, wird hurtig unterschreiben, ohne ausführlich zu lesen. Und falls er doch richtig zu lesen anfängt, dann muß mir eben irgendetwas einfallen, bevor er beim letzten Wisch ist. Und mehr, als daß er den Bims-Brief liest und mich fragt, ob ich übergeschnappt bin, kann ja nicht passieren.

Keinerlei Probleme mit dem Bims-Brief hat es gegeben. Abgesehen davon, daß ich bis weit nach Mitternacht auf den Papa habe warten müssen und schon gähnmüde war, als er endlich daherkam. Zuerst war er zwar ziemlich erstaunt, warum ich die Wische nicht von der Mama habe unterschreiben lassen, weil die doch sonst den ganzen Schulkram erledigt, aber da habe ich ihm gesagt, daß die Mama den ganzen Tag über Kopfweh gehabt hat, und daß sie schon längst im Schlafzimmer ist und ich sie nicht mehr stören will. Hinzugefügt habe ich noch, daß die Mama jetzt immer Kopfweh hat. Mit vorwurfsvoller Stimme habe ich das gesagt. Und er hat kapiert, daß ich meine, daß er an diesem Kopfweh schuld ist. Das hat ihn so verlegen gemacht, daß er nicht einmal den Schulmilchschrieb richtig gelesen hat. Und vom Schluckimpfungsschrieb bloß den ersten Satz. Hurtig hat er alles unterschrieben und gemurmelt, daß wegen der Bürokratie jeden Tag ein ganzer Wald stirbt. Und dann ist schon meine Mama dazugekommen und hat dem Papa einen „Guten Morgen“ gewünscht. Der Papa hat gefaucht, daß das eine Übertreibung sei. Was ja wirklich stimmt, denn zehn Minuten vor eins ist kein Termin für „Guten Morgen“. Ich bin hurtig mit den Vaterunterschriften in mein Zimmer, habe alle Wische – bis auf den Bims-Brief – in den Papierkorb geschmissen und mich ins Bett gelegt. Einschlafen habe ich erst viel später können. Der Papa und die Mama haben im Wohnzimmer gestritten. Der Streit war nicht schrecklich laut. Ein freundliches Gespräch in der gleichen Lautstärke hätte mich sicher nicht am Einschlafen gehindert.

Oft denke ich darüber nach, was ein Ehepaar mit Kindern, wenn es so gar nicht mehr mit der Liebe funktioniert, eigentlich tun soll. Ich blicke da wirklich nicht durch. OK, sage ich mir, wenn sich Ehefrau und Ehemann nicht mehr vertragen, dann ist es ihr gutes Recht, sich zu trennen! Wäre ja auch tiefstes Mittelalter, wenn es keine Scheidung gäbe! Aber in Wirklichkeit sehe ich das überhaupt nicht ein! Die Kinder werden ja mitgeschieden. Und weder die Karli noch ich und der Speedi schon gar nicht wollen vom Papa geschieden werden! Aber daß zwei Menschen, nur der Kinder wegen, obwohl sie einander weder riechen noch sehen noch hören mögen, zusammenbleiben, das gefällt mir auch nicht. Wahrscheinlich wäre es am besten, alle Leute, die einander heiraten wollen, müßten zuerst einen Test auf „Langzeitliebe“ machen. Und nur, wenn der positiv ausfällt, dürfte man ihnen erlauben, Kinder zu kriegen.

Müßte man sich einmal überlegen, wie so ein Test auf Langzeitliebe ausschauen sollte! Unlängst, wie die Großmutter bei uns war und mit der Nachbarin im Vorgarten getratscht hat, hab' ich sie sagen gehört: „Damit, daß die Frauen einen Beruf haben und Geld verdienen und glauben, daß sie auch allein leben können, fängt der Jammer an. Wir haben uns ja auch fügen müssen! Was hätten wir denn getan ohne Ernährer?“

So jedenfalls sollte die Langzeitliebe, die ich meine, nicht ausschauen.

Ein wirklich guter Mensch, denke ich, müßte man sein, um die Langzeitliebe zu schaffen, denn wenn man so ein wirklich guter Mensch ist, dann schafft man es, jeden Menschen zu lieben, ganz gleich, was der für ein merkwürdiger Kerl ist. Aber dazu täte man soviel Güte und Toleranz und Einsicht brauchen, wie sie mein Papa und meine Mama nun wirklich nicht haben. Und ich bin wahrlich der Allerletzte, der das von anderen Leuten einfordern würde, denn güte-, toleranz-, verständnismäßig bin ich selbst eine totale Niete und glaube auch nicht, daß ich mich diesbezüglich beim weiteren Heranwachsen positiv entwickeln werde.

Der Blick vom Dr. Bims, meinen Vaterbrief lesend, war die ganze Mühe und den ganzen Aufwand wert! Er hat auf das Blatt Papier gestarrt, als werde ihm darauf der Untergang der Welt fürs heutige Datum glaubhaft vorausgesagt. Gut zehn Minuten hat er gestarrt, dann hat er den Brief zusammengefaltet und in die Jackentasche gesteckt. Und die ganze Deutschstunde hinterher war er total unkonzentriert. Er hat sogar vergessen, uns eine Hausübung aufzugeben. Meine Klassenkollegen haben natürlich kapiert, daß das mit dem Brief zusammenhängt, und wollten wissen, was mein Vater dem Bims geschrieben hat. Ich habe es ihnen nicht gesagt, und jetzt halten sich mich wieder einmal für einen „arroganten Arsch“. Bin ich aber nicht! Ich mag bloß nicht als der „tolle Knabe, der sich alles traut“, dastehen. Das schaut mir zuviel nach Angabe aus. Ich habe es ja, wenn es darum geht, sich was zu trauen, viel leichter als die meisten anderen. Erstens kann einem sowieso nicht viel passieren, wenn man so gute Schulnoten hat wie ich. Und wenn man sich vor keiner gehässigen Prüfung fürchten muß. Und zweitens habe ich ja überhaupt keine Strafaktionen meiner

Eltern zu erwarten. Da sind die Mama und der Papa nämlich wirklich 1-A-Superqualität. Ich habe noch nie im Leben eine Ohrfeige bekommen oder Stubenarrest oder Taschengeldentzug. Mehr, als daß die Mama ein bißchen keppelt oder der Papa auf „Liebesentzug" spielt und mich ignoriert, passiert da nicht.

Die meisten Kinder in meiner Klasse sind viel übler dran. Der Pauli, zum Beispiel, der bekommt schon Ohrfeigen, wenn er mit einem Nichtgenügend heimkommt. Und einmal, wie wir aus der Schule gegangen sind, hat seine Mutter vor dem Schultor gewartet, ist auf ihn losgestürzt und hat auf ihn eingeprügelt, als wäre er ein feuerspeiender Drache und sie der Drachentöter. Der Pauli hat sich überhaupt nicht dagegen gewehrt, hat bloß die Arme vor den Kopf gehalten, damit ihm die Furie nicht auch noch das Nasenbein bricht. Die Wahnsinnsfrau hat erst aufgehört, als ein Lehrer aus der Schule gekommen ist und sie angebrüllt hat, daß sie diese Art von Erziehung bleiben lassen solle. Aber vorher sind jede Menge Erwachsene vorbeigegangen und haben nicht eingegriffen. Dabei haben wir doch jetzt ein Gesetz, welches Eltern verbietet, ihre Kinder zu schlagen. Doch das ist ja auch wieder so typisch! Bestraft werden nur die Eltern, die ihre Kinder schwer verletzen. Ohrfeigen sind verboten, aber straffrei!

Gibt es eigentlich sonst noch eine gesetzlich verbotene Handlung, für die der Täter keine Strafe zu erwarten hat? So weit ich das weiß, nicht! In der Zeitung habe ich gelesen, daß es eben vernünftiger sei, mit prügelnden Eltern zu reden und sie mit Hilfe von Psychologen und Sozialarbeitern auf den rechten Erziehungsweg zu bringen. OK, klingt ja super! Aber warum fällt das keinem Gesetzemacher ein, wenn jemand etwas klaut oder betrunken Auto fährt oder sonst was Verbotenes tut? Warum wird dann gleich bestraft?

Meine Mama sagt oft, ich mache mir zu viele Gedanken. In Wirklichkeit mache ich mir sichtlich zu wenig Gedanken, sonst wäre ich schon dahinter gekommen, warum es diese Ungerechtigkeiten gibt, und warum sie nicht abgeschafft werden. Und sowieso und überhaupt verstehe ich nicht, daß sich die meisten Kinder, die ich kenne, nicht gegen diese Ungerechtigkeit empören. Der Pauli, zum Beispiel, der nimmt die Prügel einfach hin. Der unterscheidet sogar zwischen „verdienten" und „unverdienten" Ohrfeigen. Und wenn ich ihm sage, daß niemand Prügel „verdient" und er seine verdammte Untertanenmentalität einmal überdenken sollte, dann schaut er mich an, als wäre ich vom Mond heruntergefallen. Aber ich habe eben leicht reden. Ich kann mir ja nicht einmal in Horrorvisionen ausmalen, was mit dem Pauli passiert wäre, wenn der dem Bims so einen Vaterbrief überreicht hätte, und wenn dann der Hofrat Scheiberl, unser Direktor, beim Pauli-Vater im Büro angerufen und gefragt hätte, wie dieses Schreiben „aufzufassen" sei.

Mein Papa hat unheimlich cool reagiert. Und clever blitzkneißerisch! Zuerst, wie ihm seine Sekretärin gesagt hat, daß der Hofrat Scheiberl am Telefon ist, hat er einen riesigen Schreck bekommen. Er hat gedacht, der Karli oder mir sei etwas Schreckliches zugestoßen. Von einem Auto überfahren! Oder im Turnsaal aus den Ringen gefallen und Schädelfraktur! Und so war er maßlos erleichtert, daß es nur um einen Brief gegangen ist. Und daß wir heil sind! Und er hat gleich kapiert, daß der Brief von mir geschrieben sein müsse. Hat er dem Scheiberl aber nicht gesagt. Hat bloß gesagt, daß er beim Briefschreiben in einer „sonderlichen Laune“ gewesen sei. Und hat sich, weil er den Brief ja nicht gekannt hat, auf keine längere Debatte eingelassen. Er müsse, hat er dem Scheiberl erklärt, leider augenblicklich zu einer Vorstandssitzung. Was der Scheiberl eingesehen hat. Aber er hat den Papa zu einer Aussprache in die Schule gebeten.

Der Papa denkt nicht daran, zum Scheiberl in die Schule zu gehen. Er mag Schulen nicht. Sowieso und überhaupt nicht! Bei keinem einzigen Sprechtag oder Elternabend war er noch. Dort tritt immer die Mama auf. Doch diesmal wäre die Mama in der Schule fehl am Platze. Ihre schwungvolle Unterschrift prunkt ja nicht unter dem schönen Brief.

Der Papa redet sich damit aus, er könne nicht in die Schule gehen, weil sonst hundertprozentig herauskäme, daß der Brief nicht von ihm ist. Sozusagen zu meinem Schutz müsse er der Schule fernbleiben. Ist natürlich Unfug! Mein Brief ist OK! Den könnte jeder vernünftige Vater geschrieben haben! Aber mir ist egal, ob der Papa in die Schule geht oder ihr fernbleibt. Bloß die Mama regt sich darüber auf. Beim Frühstück gab es diesmal den „Tagesstreit“ deswegen. Und er endete damit, daß der Papa die Mama eine Kuh nannte. Und daß nachher die Karli zu mir gesagt hat: „Du bist schuld daran, daß sie gestritten haben!“

Habe ich ihr gesagt: „Sowieso und überhaupt nicht! Wäre es nicht wegen mir gewesen, wäre es halt wegen irgendetwas anderem losgegangen! Eheleute, die streiten wollen, finden immer einen Anlaß!“

Doch das sieht die rosarote Brillenträgerin natürlich nicht ein. Die bleibt dabei, daß der Papa und die Mama eine normale Ehe führen, und daß ein bißchen Streit zu einer solchen sowieso und überhaupt gehört.

Ich sollte mir endlich dieses blöde „sowieso und überhaupt“ abgewöhnen. Völlig sinnlose Wörter sind das. Aber anderseits: Jeder in unserer Familie sagt unentwegt „sowieso und überhaupt“. So haben wir wenigstens eine Sache gemeinsam. Immer noch besser eine Sowieso-und-überhaupt-Gemeinsamkeit als gar keine!

Jetzt hat sich die Mama entschlossen, zum Dr. Bims in die Sprechstunde zu gehen. Völlig sinnlos, daß sie das tut, aber sie läßt es sich nicht ausreden. Dabei muß sie deswegen extra ihren Wolladen zusperren. Oder sich eine Aushilfe nehmen. Mit Hinfahren und Quatschen und Zurückfahren vergehen garantiert drei Stunden. Die Aushilfsverkäuferin kriegt hundert Schilling Stundenlohn. Hätte ich geahnt, daß mein schöner Briefgag letzten Endes nichts bringt als ein Defizit von dreihundert Schilling, hätte ich ihn mir verkniffen!

Schmerz laß nach, das war ein denkwürdiger Vormittag! In der Pause nach der zweiten Stunde bin ich wie der rasende Roland zum Sprechzimmer galoppiert. Ich wollte meine Mama, wenn sie aus dem Sprechzimmer herauskommt, abpassen. Um zu hören, wie die Sache gelaufen ist. Doch wie ich die Treppe heruntersause, sehe ich, daß die Mama gerade erst zum Dr. Bims in die gute Stube reingeht. Eh kein Wunder bei ihr. Sie kommt ja immer viel zu spät. Zuerst wollte ich wieder in meine Klasse zurück, doch dann habe ich mir gedacht: Es geht ja schließlich um mich, und da gehöre ich eigentlich dazu!

Also bin ich ins Sprechzimmer hinein. Der Bims wollte mich natürlich gleich wieder rauswerfen. Eine Sprechstunde für Eltern sei das, hat er gesagt. Habe ich ihm milde und friedfertig erklärt, daß es besser wäre, gleich eine Dreierrunde zu veranstalten. Ist ja wirklich wahr! Er beschwert sich bei meiner Mutter über mich, die Mama geht dann heim und richtet mir seine Beschwerde aus, ich erkläre ihr meine Sicht der Angelegenheit ... und sie geht dann wohl wieder in die Schule und richtet das dem Bims aus ... wären doch lauter leere Kilometer, die da gelaufen und geredet würden!

Der Bims wollte das nicht einsehen. Aber die Mama hat es eingesehen, nachdem ich ihr einen sehr zwingenden Blick zugeworfen habe. Sie hat zum Bims gesagt, daß wir es doch wenigstens probieren könnten. Und weil der Mann nicht sehr konfliktfreudig ist, hat er zwar gemotzt, daß er das nicht zielführend und indiskutabel finde, aber er hat sich geschlagen gegeben. Mit einem Gesicht, als quäle ihn das siedheiße Sodbrennen, hat er gesagt: „Aber wenn Sie meinen, bitte!“

Er hat eh recht gehabt! Das Dreiergespräch war nicht zielführend und indiskutabel! Wegen der Mama! Ich habe meine Frau Mutter ja bisher noch nie mit einem Lehrer reden gehört. Und ich war zutiefst geschockt. So was von unwürdig und kriecherisch! So was von devoter Heuchelei und bukkelnder Untertänigkeit! Was für ein guter Lehrer der Bims doch sei, hat sie gesäuselt. Und wieviel Verständnis er doch für die Schüler aufbringe! Und daß ja allgemein bekannt sei, daß unsere Klasse mit ihm als Klassenvorstand einen „Haupttreffer“ gemacht habe! Und am meisten sei sie ihm dafür dankbar, daß er in mir die Liebe zur Literatur erweckt habe, da hätte ich nämlich was für lebenslänglich!

Lauter Kunsthonig hat sie ihm ums Maul geschmiert, und er hat sich den beglückt abgeschleckt! Und sooft ich die Sache auf den Punkt bringen wollte, hat mich die Mama gleich unterbrochen und beteuert, daß ich es nicht so meine, wie es klingt, daß ich eben in der Pubertät sei, und da bekomme man vorübergehend so eine ungehobelte Ausdrucksweise und so „revolutionäre“ Ansichten und lehne alle Autorität, auch die „positive“, ab.

So habe ich dann eben den Mund gehalten. Sonst hätte ich, statt mit dem Bims, mit meiner Mutter einen Streit anfangen müssen; was ich im Schulsprechzimmer nicht für angebracht halte.

Nach einer halben Stunde waren sich der Bims und die Mama dann darüber einig, daß der Bims ein guter Lehrer, die Mama eine gute Mama, ich ein gutes Kind und unser

Schulsystem – bis auf kleine Mängel – das Bestmögliche sei. Schließlich haben der Bims und die Mama einander die Pfote geschüttelt, und der Bims hat begeistert posaunt, daß ihm die komplizierten Schüler ohnehin am meisten ans Lehrerherz gewachsen seien, und daß die stürmische Jugend eben erst das „richtige Maß" erlernen müsse, daß das aber der liebe Anatol, auf Grund seiner überragenden Intelligenz, bald schaffen werde. Dann hat er mir noch das Haupthaar getätschelt und ist hurtig enteilt.

Und die Mama war maßlos stolz auf ihren Bims-Erfolg! Die ist jetzt noch stolz auf ihre Arschkriecherei! So leid es mir tut, das erkennen zu müssen, aber im Grunde ist sie genauso verlogen und unehrlich wie der Dr. Bims. Er predigt Hilfsbereitschaft und Kameradschaftlichkeit und läßt sie dort, wo es nottäte, nicht zu. Sie predigt immer Ehrlichkeit und Wahrheitsliebe und heuchelt und schleimt dann, wenn sie meint, daß es nottue!

Der Wuzi meint, daß auch wir einmal, wenn wir erwachsen sind, nicht viel anders sein werden. Diese Erkenntnis hat er aus dem Tagebuch seiner Mutter gewonnen. Aus einem uralten Tagebuch. Seine Mutter hat das geführt, als sie ein junges Mädchen gewesen ist. Der Wuzi sagt, wenn seine Mutter auch noch heute die Meinungen und Ansichten hätte, die sie damals – mit vielen Rechtschreibfehlern – in ihrem Tagebuch festgehalten hat, dann würde er sie auf Händen tragen!

Und was der Wuzi am schlimmsten gefunden hat, ist, daß seine Mutter bloß gelacht hat, wie sie ihr altes Tagebuch wieder gelesen hat. „Wenn sie wenigstens geweint hätte!"

hat der Wuzi gesagt. „Dann hätte sie wenigstens kapiert, was sie im Laufe der Jahre an seelischer Größe verloren hat!"

Schade, daß meine Mutter als Mädchen nie ein Tagebuch geführt hat. So kann ich nicht mehr feststellen, ob sie ihre moralischen Ansprüche verloren oder nie welche gehabt hat.

Die Karli, das Luder, streitet ab, daß sie mit mir wegen dem Vaterbrief gewettet hat! Und um fünfzig Schilling schon gar nicht, sagt sie. Weil man um Geld nicht wettet! Und richtig gewonnen habe ich die Wette ja auch nicht, sagt sie. Weil ja alles aufgeflogen ist. Als ob das mit unserer Wette etwas zu tun hätte! Wir haben darum gewettet, daß der Papa unterschreibt. Und das hat er! Aber was rege ich mich auf! Sie hat ja ohnehin kein Geld. Und bei der Mama schon Vorschuß auf die Taschengeldration vom übernächsten Monat. Bei der Karli geht alles auf Farben drauf. Nicht auf Malfarben, sondern auf Gesichtsfarben! Im Badezimmer, in ihrem Schrankabteil, habe ich neun Lippenstifte und acht Lidschattendöschen und zwölf Augenbrauenstifte gezählt.

Von dem, was der ganze Kosmetikkram meiner Schwester kostet, könnten in Afrika hundert Kinder leben. Von dem, was ich in Bücher investiere, natürlich auch. Aber ich lese meine Bücher wenigstens und liebe sie. Die Karli hingegen, die bemalt sich bloß wie ein Zirkusclown und wischt sich dann, bevor sie außer Haus geht, das ganze Zeug wieder aus dem Gesicht.

Ihren Typ probiert sie aus, hat sie mir unlängst erklärt. Was das bedeuten soll, weiß ich nicht genau. Ich nehme an, sie will ihren Typ verändern. Ungeschminkt ist sie nämlich der Typ „mittelmäßige Durchschnittsschnepfe“. Und dagegen will sie wohl etwas unternehmen.

Bei der ganzen Schminkerei verstehe ich vor allem eines nicht: Ich habe zwar noch nie ein Mädchen geküßt, aber wenn ich es unbedingt tun müßte, dann würde ich mir eines aussuchen, das keine Farbe im Gesicht hat. Muß doch wahnsinnig eklig sein, dieses rotgefärbte Chemiefett zu schmekken! Aber vielleicht wischen sich die Mädchen vor dem Küssen das Zeug weg. Im Film tun sie es nicht, doch im Film tut man ja vieles nicht, was man in der Wirklichkeit macht. Da geht ja auch kaum einer aufs Klo.

Wo ist Speedi?

Speedi erzählt:

Das war so:

Am Montag hat der Papa zu mir gesagt: „Speedi, am Samstag vormittag fahren wir in den Supermarkt!"

Weil er weiß, daß ich Supermarktfahren sehr gern mag. Am Mittwoch habe ich ihn dann gefragt, ob er mir am Samstag im Supermarkt auch Gummischlangen und Popcorn und Lollipops kauft.

„Aber klar, Speedi", hat er gesagt. „Zwei große Einkaufswagen packen wir voll! Mit allem drinnen, was du nur haben willst!"

Ganz zeitig am Morgen bin ich am Samstag aufgestanden. Wegen dem Supermarkt. Damit wir bald fahren können und der Parkplatz vor dem Supermarkt noch nicht voll ist. Wie wir das letzte Mal dort waren, haben der Papa und die Mama die vollen Tragetaschen über den ganzen Parkplatz schleppen müssen, und von zwei Tragetaschen sind die Henkel abgerissen, und der Papa hat geschimpft, daß wir das ganze Zeug sowieso nicht brauchen, und die Mama hat geschimpft, daß der Papa nicht schimpfen soll, weil er es war, der alles „wie ein Blöder" in den Einkaufswagen getan hat. Und sie haßt Supermärkte sowieso und überhaupt!

Gleich nachdem der Ani und die Karli in die Schule gegangen sind, wäre ich schon fix und fertig gewesen. Obwohl ich sonst am Samstag gern lange schlafe, weil ich ja nicht in die Schule gehen muß. Meine Volksschule hat am Samstag schulfrei.

Ich habe der Mama gesagt, daß wir jetzt fahren können. Doch die Mama wollte duschen. Und die Badewanne hat einen Dreckrand gehabt. Den hat der Papa beim Baden gemacht. Die Mama hat gewartet, bis der Papa den Dreckrand weggemacht hat. Das hat schon sehr lange gedauert. Und dann ist der Papa in die Küche gegangen. Das saubere Geschirr hat er aus dem Geschirrspüler geholt. Dabei hat er sich in die Finger geschnitten. Im Geschirrspüler waren nämlich Glasscherben. Von den Weingläsern, die man nicht in den Spüler tun darf. Die Mama hat das dem Papa ohnehin schon oft erklärt, doch der Papa merkt sich solche Sachen schwer. Dann haben die Mama und der Papa zu streiten angefangen. Weil die Mama das ganze Geschirr, das der Papa ausgeräumt hat, noch einmal mit der Hand abgewaschen hat. Da hätten noch winzige Glasscherben dran kleben können! Und wenn man die in den Magen kriegt, machen sie Magengeschwüre. Der Papa hat das nicht geglaubt. Vom Streiten, hat er gesagt, kriegt er seine Magengeschwüre.

Ich wollte die Zeichnung für die Schule fertig machen, bis der Streit vorüber ist. Aber mein roter Buntstift ist immer wieder abgebrochen und hat sich nicht mehr spitzen lassen. Ich bin ins Zimmer der Karli gegangen. Die hat viele Buntstifte in einer großen Blechdose. Leider war die Dose ganz oben im Regal, und neben ihr ist eine offene Tuscheflasche gestanden. Die habe ich nicht sehen können. Ich habe ja hüpfen müssen, um an die Dose überhaupt heranzukommen. Die Tuscheflasche ist umgefallen. Die grüne Tusche ist ausgeronnen und heruntergetropft. Auf Bücher und Hefte und Krimskrams.

Da bin ich schnell wieder raus aus dem Zimmer der Karli. Meine Schwester hat mir nämlich sowieso und überhaupt verboten, ihr Zimmer zu betreten, wenn sie nicht daheim ist. Ich habe gehofft, daß die Karli glauben wird, die Tuscheflasche sei von selber umgefallen. Und sowieso ist es ja überhaupt ihre eigene Schuld, weil Tuscheflaschen gehören zugeschraubt!

Ich bin in die Küche gegangen. Ich wollte dem Papa sagen, daß er mir im Supermarkt auch neue Buntstifte kaufen muß. Und plötzlich sagt der Papa, daß er mir den Supermarkt gar nicht versprochen hat. Er kann sich daran wirklich nicht erinnern! Und Lust auf Supermarkt hat er auch keine! Und wir haben sowieso und überhaupt alles, was wir brauchen, und sind Konsumtrottel!

Und die Mama hat gesagt, ich soll Ruhe geben und in mein Zimmer gehen. Und nicht lästig sein und die Zeichnung fertig machen!

Daß man halten muß, was man versprochen hat, habe ich ihnen gesagt. Sie haben gar nicht hingehört.

Und so eine Gemeinheit lasse ich mir nicht gefallen! Am Montag in der Schule erzählen alle anderen Kinder immer, was sie am Samstag und am Sonntag mit ihren Papas und Mamas gemacht haben. Lauter schöne Sachen haben die gemacht. Und ich kann nur erzählen, daß mein Papa weg war, meine Mutter gestrickt hat und mir langweilig war!

Nie hat einer Zeit für mich. Dauernd werde ich eingeteilt. Immer muß ein anderer auf mich aufpassen. Und keiner tut es gern. Bis auf die Oma. Die freut sich, wenn ich bei ihr bin. Oder sie bei mir.

Darum hätte ich es so gern, wenn die Oma bei uns wohnen würde. Aber das geht nicht, sagt sie. Weil es der Papa sicher nicht will, meint sie. Und weil sie auch gern in ihrer eigenen Wohnung wohnt. Und in ihrem eigenen Bett schläft. Und zu Mittag zu uns fahren und am Abend wieder heim, das schafft die Oma nicht. Da ist der Weg zu weit.

Als der Papa und die Mama am Samstag zu mir so supergemein waren, hat es mir gereicht! Ich habe beschlossen, zur Oma zu ziehen. Auf immer und ewig! Den langen Schulweg, habe ich mir gedacht, den werde ich schon schaffen.

Ich habe der Mama und dem Papa noch eine Chance gegeben. Wenn einer von ihnen zu mir ins Zimmer kommt, bevor ich fertig gepackt habe, dann bleibe ich bei ihnen, habe ich mir gedacht.

Ich habe meinen Rucksack aus dem Schrank geholt, meine Lieblingscomics und meinen Teddy hinein getan und den Walkman auch. Ich habe meine Schultasche eingeräumt und den freien Platz in der Tasche mit Legosteinen gefüllt. Aber die Mama und der Papa sind nicht zu mir gekommen, um mir zu sagen, daß es ihnen leid tut und daß wir jetzt in den Supermarkt fahren.

So habe ich den Rucksack auf den Rücken genommen, mir meine Gitarre über die Schulter gehängt, die Schultasche unter einen Arm genommen und mein fernlenkbares Auto unter den anderen. Ein paar Bubblegums habe ich mir noch in die Hosentasche gesteckt. Dann bin ich ins Vorzimmer raus.

Ich bin noch ein bißchen im Vorzimmer herumgestanden,

doch in der Küche hat der Streit nicht aufgehört. Da bin ich zum Haus raus und hab die Tür bummfest hinter mir zugeknallt. Dreimal, bis zur Straßenkreuzung, habe ich mich umgeschaut, ob die Mama oder der Papa hinter mir herkommt. Doch da war niemand zu sehen, außer der Frau Meisengeier. Mit ihrem Hund, dem Mopsi. Die hat gelacht, wie sie mich gesehen hat. Ob ich auswandere, hat sie gefragt.

„Ja", habe ich gesagt.

Sie hat gelacht und den Mopsi zur Straßenlaterne hingezogen, weil der Mopsi sein Pipi nur an Laternen machen will. Und dann habe ich noch die Frau Pribil getroffen. Die wollte ich fragen, mit welcher Straßenbahn man zur Oma fährt, und wo man in eine andere Straßenbahn umsteigen muß, damit man zur Oma kommt. Ich habe das nämlich nicht gewußt. Zur Oma bin ich immer nur mit der Mama oder dem Papa im Auto gefahren. Aber die Frau Pribil hat bloß „Servus Speedi" zu mir gesagt und ist weitergegangen. So habe ich eine wildfremde Frau an der Straßenecke gefragt, und die hat mir den Weg erklärt. Gleich beim Gymnasium, hat sie gesagt, schräg gegenüber, muß ich in die Straßenbahn einsteigen. Vier Stationen muß ich fahren, dann aussteigen und in die U-Bahn umsteigen. Die Frau wollte zwar noch wissen, wieso ich allein und „mit Sack und Pack" unterwegs bin, aber ich bin schnell weiter, und so wichtig, daß sie hinter mir her gekommen wäre, war ihr das auch wieder nicht.

Als ich gerade auf der Hauptstraße bin, gegenüber der Konditorei, da schreit plötzlich jemand „Speedi, Speedi, Speedi", und dann kommt die Karli über die Straße 'rüber. „Was tust du denn hier?“ fragt sie. „Und was schleppst du denn da alles herum?“

Ich antworte ihr: „Weil ich ausgezogen bin! Auf immer! Ich ziehe zur Oma!“

Da packt mich die Karli an einem Rucksackriemen und zieht mich über die Straße, zur Konditorei. Der Wuzi und die Rosi stehen dort. Denen erzählt sie, daß ich total übergeschnappt bin und von daheim weg will.

Die Rosi kichert blöd. Doch der Wuzi sagt: „Bereden wir das in Ruhe!“

Wir sind in die Konditorei hinein. Die Karli wollte für mich nichts zum Essen und zum Trinken bestellen. Aus Sparsamkeit. Da hat sich der Wuzi von ihr Geld geborgt, damit er mich einladen kann. Cola und Toast hat er mir gekauft. Und superprima war er sowieso und überhaupt! Er hat gesagt, daß es mein gutes Recht ist, zur Oma zu ziehen. Und daß das die Karli nichts angeht.

Die Karli hat gesagt, daß es sie schon etwas angeht. Weil die Mama und der Papa böse auf sie sein werden, wenn sie erfahren, daß sie mich getroffen und nicht heimgebracht hat.

Und die blöde Rosi hat ihr natürlich rechtgegeben. Außerdem hat mich die Karli wie einen Deppen hingestellt. „Der findet doch nie allein zur Oma“, hat sie zum Wuzi gesagt.

„Dann bringen wir ihn halt hin“, hat der Wuzi gesagt. Doch die Karli wollte nicht. Weil sie sich da noch mehr mitschuldig macht!

Ich habe der Karli geschworen, daß ich sie nicht verrate. Daß ich kein Sterbenswort davon sagen werde, daß wir uns getroffen haben. Und daß ich noch nie ein Geheimnis verraten habe.

Die blöde Rosi hat zum Wuzi gesagt, daß man so einen Knirps wie mich nicht ernst nehmen kann. Aber der Wuzi hat gesagt, daß er mich sehr ernst nimmt.

„Echt mies, wie ihr mit ihm umgeht!" hat er zur Karli und zur Rosi gesagt.

Da ist die Karli netter zu mir geworden. Sicher nur dem Wuzi zuliebe. Ich habe geschworen, allen zu sagen, ich hätte ganz allein zur Oma gefunden. Mit erhobenen Schwurfingern! Und dann sind der Wuzi, die Rosi und die Karli mit mir in der Straßenbahn bis zur U-Bahn gefahren und haben aufgepaßt, daß ich bei der richtigen Treppe hinunterrolle.

Die Fahrt mit der U-Bahn war babyleicht. Da fährt nur eine Linie. Also hab ich nicht in eine falsche U-Bahn einsteigen können. Und beim Aussteigen habe ich mich auch nicht verirren können, weil ich bis zur Endstation habe fahren müssen.

Der Weg von der U-Bahn-Endstation zur Oma war aber schwierig. Ich habe mich in der Richtung geirrt. Plötzlich war ich vor dem Tiergarten. Doch von dort aus habe ich den Kirchturm gesehen, der zur Kirche gehört, neben der die Oma wohnt. Ich bin einfach auf den Kirchturm zugegangen. Mit allerhand Zick-Zack-Umwegen, weil zwischen mir und dem Kirchturm ja große Häuserblocks waren.

Mein linker Fuß hat mir ein bißchen weh getan, als ich endlich beim Haus der Oma war. Mein linker Fuß ist ein bißchen größer als der rechte. Und die Schuhe, die ich angehabt habe, die sind noch aus dem vorigen Jahr. Der rechte paßt gerade noch, der linke zwickt schon. Meine Mama hat nämlich nicht einmal Zeit, mir ein Paar Schuhe zu kaufen. Von einer Woche verschiebt sie es auf die andere. Wahrscheinlich bekomme ich erst neue Schuhe, wenn der blöde Co der Mama wieder zurück ist. Es gibt ja keine Schuhgeschäfte, die länger offen haben als die Wollgeschäfte. Und auch keine, die früher aufsperren. Die Mama wollte, daß der Papa mit mir Schuhe kaufen geht. Am Samstag vormittag oder unter der Woche, wenn er einmal rechtzeitig aus dem Büro kommt. Kommt er aber nie! Und am Samstag vormittag, wenn er nicht zum Angeln fährt, hat er auch noch nie Lust gehabt! Er versteht nichts von Kinderschuhen, hat er zu mir gesagt. Was soll denn da schon zu verstehen sein? Ich suche mir welche aus, und er bezahlt sie!

Ich habe nicht gewußt, daß die Oma auf Kur gefahren ist! Und die Karli hat es auch nicht gewußt. Sonst hätte sie mich ja nicht zur U-Bahn gebracht. Ich habe mich gewundert, daß die Oma nicht daheim ist. Es war ja schon Mittag, und die Geschäfte waren nicht mehr offen.

Sie wird ein bißchen spazierengegangen sein, habe ich mir gedacht. Fragen, wo die Oma ist, habe ich niemanden können. Ich habe an allen Türen geklingelt. Nirgendwo hat jemand aufgemacht. Ich habe mich auf ein Gangfensterbrett gesetzt und gewartet. Ewig lange!

Das Gangfenster war offen, und vor dem Fenster war ein Maurergerüst. Die Hinterseite vom Oma-Haus wird nämlich frisch geputzt. Ich habe aus dem Fenster geschaut und gesehen, daß das Küchenfenster der Oma offensteht.

Warum sich alle nachher so aufgeregt haben, verstehe ich wirklich nicht! Babyleicht war es, auf dem Gerüstbrett vom Gangfenster zum Küchenfenster zu kommen. Und ich bin ja schwindelfrei! Bloß der Teddy wäre mir beinahe hinuntergefallen. Aber der hat ja keine Knochen, die er sich brechen könnte.

Ich habe es mir im Wohnzimmer der Oma gemütlich gemacht. Meine Sachen habe ich ausgepackt, das Radio habe ich aufgedreht und Kekse geholt. Dann habe ich gehört, daß die Wohnungstür aufgeht. Ich habe mir gedacht: Jetzt ist die Oma endlich da!

Es war aber nicht die Oma. Die Mama, der Papa und die Karli sind gekommen. Ich habe der Mama und dem Papa gesagt, daß ich ab jetzt bei der Oma wohne. Weil die immer alles hält, was sie verspricht. Und weil sie auch niemanden zum Streiten hat. Kein Wort habe ich davon gesagt, daß mich die Karli bis zur U-Bahn gebracht hat! Die Mama hat gesagt: „Ab jetzt, ehre-schwöre, streiten der Papa und ich nimmer!“

Der Papa hat gesagt: „Ab jetzt halten wir auch alles, was wir versprechen! Ehre-schwöre!“

Geglaubt habe ich es ihnen nicht. Und daß ich wieder heim muß, wenn die Oma auf Kur ist, war mir klar. Aber zuerst habe ich es nicht zugegeben. Ich habe gesagt, daß ich allein in der Wohnung der Oma bleibe! Und dann wollte der Papa den Wohnungsschlüssel von mir. Damit ich nicht noch einmal abhaue und zur Oma gehe.

„Ich hab doch keinen Schlüssel“, habe ich gesagt.

„Bist ja nicht durchs Schlüsselloch rein!“ hat der Papa

gesagt. „Nein, durchs Fenster!“ habe ich gesagt. „Mit Balancieren! Dreimal hab ich müssen, bis ich alles herinnen gehabt habe!“

Da ist die Mama ganz bleich geworden. Und der Papa auch! Die waren anscheinend noch nie auf einem Gerüst oben, sonst wüßten sie, daß es gar keine Kunst ist, darauf ein paar Meter hin und her zu wandern.

Dann hat sich noch die Nachbarin von der Oma aufgeregt, weil sie sich wegen uns die Seele aus dem Leib zittern muß. Die Nachbarin war nämlich der Grund, daß mich der Papa und die Mama so schnell gefunden haben. Die Karli hat es ihnen nicht gesagt. Die hat dichtgehalten. Die Nachbarin hat bei uns daheim angerufen. Weil sie – durch die Wand – aus der Wohnung der Oma Musik gehört hat. Und sie hat ja gewußt, daß die Oma weggefahren ist und kein Radio einschalten kann. Sie hat den Verdacht bekommen, in der Wohnung der Oma könnten Einbrecher sein. Ein dummer Verdacht! Einbrecher wollen doch leise sein, die machen doch nicht Musik!

Die Nachbarin wollte von der Mama wissen, ob sie bei der Polizei anrufen soll, wegen dem Einbrecher-Verdacht. Die Mama hat ihr geraten, es bleiben zu lassen.

„Wir kommen gleich“, hat sie ihr gesagt.

Die Mama hat natürlich nicht an Einbrecher geglaubt. Der war klar, daß ich in der Wohnung bin! Und darüber war sie sehr froh, weil sie mich ja stundenlang überall gesucht und große Angst gehabt hat, daß mir etwas passiert ist.

Die Karli hat mir erzählt, daß die komische Nachbarin auf dem Gang gewartet hat. Ganz aufgeregt und zittrig war sie. Den Papa und die Mama warnte sie davor, in die Wohnung der Oma reinzugehen. Weil ihnen der Einbrecher die Schädel einschlagen könnte.

Und dann haben die Mama und der Papa und die Karli vergessen, der Nachbarin zu sagen, daß eh kein Einbrecher in der Wohnung ist. Bis wir alle zusammen wieder aus der Oma-Wohnung herausgekommen sind, ist die Nachbarin hinter ihrer Tür gestanden und hat Angst gehabt und war böse auf uns, weil wir auf sie vergessen hatten.

Die Karli meint, daß sie auch ein bißchen enttäuscht war. Sie hätte gern eine Sensation gehabt, meint die Karli. Eine kleine Sensation hätte sie ja auch gehabt, wenn sie erfahren hätte, daß ich übers Maurergerüst in die Wohnung geklettert bin. Aber der Papa und die Mama haben es ihr verschwiegen. Meine Mama kann diese Nachbarin nicht leiden. Wie die Mama noch ein Kind war und bei der Oma gewohnt hat, hat ihr die Nachbarin das Leben schwergemacht. Wenn die Mama bloß ein bißchen zu laut war, hat die Nachbarin schon gegen die Wand geklopft. Wenn die Mama im Hof unten gespielt hat und ein Kind aus einem anderen Haus dabei war, dann hat die Nachbarin zum Gangfenster hinunter gerufen, daß das fremde Kind nach Hause gehen soll. Und wie die Mama, hinter dem Haustor, ihrem ersten Freund ihren ersten Kuß gegeben hat, da hat das die Nachbarin gesehen und ist zur Oma gerannt und hat es der Oma erzählt. Und dann hat sie sich noch drüber aufgeregt, daß die Oma wegen dem Kuß der Mama keine Ohrfeige gibt. Klaro, daß die Mama diese Frau sowieso und überhaupt nicht leiden kann.

Der Papa war so froh darüber, mich wiederzuhaben, daß er gesagt hat: „Jetzt feiern wir! Aber ordentlich!"

Und ich habe mir aussuchen dürfen, wie wir feiern. Mir ist gleich eine Feier eingefallen. Eine, die ich mir schon ewig lange wünsche. Eine Feier beim kleinen See. Zu dem hin dauert die Fahrt zwar ziemlich lange, aber ich wollte ohnehin eine Nachtfeier. Mit einem Lagerfeuer, in dem man Würstel und Erdäpfel braten kann. Ein Lagerfeuer schaut in der Dunkelheit viel schöner aus. Und wenn der Himmel schwarz ist, dann kann man auch die Sternschnuppen sehen.

Zuerst war der Papa nicht einverstanden. Er kann nur am Nachmittag feiern, hat er gesagt. Für sieben Uhr hat er eine Verabredung! Und Sternschnuppen gibt es ohnehin nur alle zehn Jahre einmal!

Aber die Mama hat den Papa überredet, die Verabredung zu verschieben. Gleich vom Telefonhüttel, an der Ecke beim Haus der Oma, hat der Papa seine Verabredung abgesagt. Wir sind nach Hause gefahren und haben den Ani geholt. Und Erdäpfel und viele tiefgefrorene Würstel. Und Brennspiritus und kleines Holz. Und Cola und Orangensaft und Decken und Brot.

Es war eine wunderschöne Feier. Solange es noch hell war, habe ich mit dem Papa schöne Kiesel gesucht. Eine ganze Tüte voll haben wir gefunden. Der Ani, der Langweiler, hat nicht mitgemacht. Der hat sich hingehockt und hat gelesen. Das hätte er auch daheim tun können!

Wie es dann dunkel geworden ist, haben wir das Feuer

gemacht. Mit großen Steinen rundherum, damit es keinen Wiesenbrand gibt. Die Würstel sind gut geworden. Die Erdäpfel nicht. Die sind innen hart geblieben. Ich habe sie trotzdem gegessen und Magendrücken bekommen. Die Karli und die Mama haben zweistimmig ins Feuer hinein gesungen. Sogar der Ani hat ein bißchen mitgesungen, weil der Lichtschein vom Feuer zu schwach zum Lesen war. Ich habe auf die Sternschnuppe gewartet. Daß nur alle zehn Jahre eine vom Himmel fällt, stimmt nämlich nicht. Im Fernsehen hat einer gesagt, daß unentwegt unzählige Sternschnuppen herumsausen. Der, der das gesagt hat, war der Direktor einer Sternwarte. Der wird das ja wohl besser wissen als der Papa.

Leider bin ich eingeschlafen, als dann eine Sternschnuppe zu sehen war. Und die anderen haben auch nicht aufgepaßt. Nur der Ani hat sie gesehen. Aber die Mama hat gesagt, ich darf mir trotzdem etwas wünschen, wenn sie der Ani gesehen hat, gilt das für die ganze Familie.

Ich habe mir gewünscht, daß die Karli glaubt, die grüne Tusche sei von selbst umgefallen. Durch einen Luftzug oder so. Der Wunsch ist aber nicht in Erfüllung gegangen. „Streite es bloß nicht ab", hat sie zu mir gesagt, „immer wenn wo eine Sauerei ist, bist es du! Und wenn das noch einmal passiert, dann drehe ich dir den Hals um!" Aber richtig böse auf mich war sie nicht. Vielleicht hat das mit der Sternschnuppe zu tun. Und dann hat sie noch etwas sehr Komisches zu mir gesagt. Sie hat gesagt: „Ich glaube, Speedi, wir haben dir allerhand zu verdanken!"

„Was denn?" habe ich sie gefragt.

„Deine Schockbehandlung hat gewirkt", hat sie gesagt. Was eine Schockbehandlung ist, und wann ich eine wo gemacht habe, hat sie mir nicht mehr erklärt, weil der Wuzi gekommen ist. Wenn der da ist, hat sie für sonst niemanden mehr Zeit.

Ich bin zum Ani und habe den nach der Schockbehandlung gefragt. Der hat gelacht. „Deine Schwester hat bloß eine rosarote Brille auf", hat er gesagt. „Durch die sieht sie alles ziemlich falsch!"

„Und wie ist es wirklich?" habe ich ihn gefragt.

„Genau verkehrt herum", hat er gesagt. „Und jetzt verschwinde, ich will lesen!"

Ich habe ihm sein blödes Buch aus der Hand gerissen und habe gesagt: „Das kriegst du erst wieder, wenn du mir eine normale Antwort gegeben hast! Immer redest du so, daß ich es nicht verstehe! Erklär mir das jetzt, oder ich zerreiß dir dein Buch!"

Ich bin mit dem Buch auf den Schreibtisch geklettert und habe es hochgehalten. So, als wollte ich ein paar Seiten rausreißen. Das hätte ich aber sowieso und überhaupt nicht getan. Aber der Ani traut mir solche Sachen zu. Er hat Angst um sein Buch bekommen. Und so ein Schneller, daß er das Buch erwischt hätte, bevor die Seiten raus gewesen wären, ist er ja nicht. Er hat nur ein schnelles Hirn. Seine Arme und seine Beine sind langsam.

Der Ani hat geseufzt und gesagt: „OK! Ein Schock ist ein großer Schreck! Und den hast du der Mama und dem Papa eingejagt, wie du auf und davon bist. Und wie sie dich gefunden haben und der große Schreck vorüber war, da waren sie sehr froh. Und weil sie sehr froh waren, haben sie sich wieder vertragen und eine harmonische Feier mit Feuerchen gemacht. Und die Karli bildet sich ein, daß diese Harmonie jetzt halten wird, und daß wir das dir zu verdanken haben. Kapiert?"

„Nein", habe ich gesagt. „Weil ich nicht weiß, was eine Harmonie ist. Was ist das?"

Doch da hat sich der Ani schon an mich herangepirscht gehabt, hat mich vom Tisch geholt und mir das Buch aus den Händen genommen. Er hat mich am Hemdkragen gepackt, zur Tür rausgeschoben und die Tür hinter mir abgesperrt. Ich habe im Lexikon nach der Harmonie gesucht. Im Lexikon sind alle Buchstaben sehr klein und eng beieinander, und die Sätze sind auch so kompliziert. Ganz verstanden habe ich es nicht, aber jedenfalls ist die Harmonie etwas Schönes mit Dur und Moll und Einklang, Wohlklang und Ebenmaß. Und eine Vorrichtung zur Erzeugung von Pfeiftönen kann sie auch sein.

Aber was das mit unserer Feier am See, dem Papa und der Mama und dem Schock-Schreck zu tun hat, weiß ich noch immer nicht. Vielleicht weiß es die Evi. Die Evi sitzt in der Schule neben mir und weiß immer alles.

Die Torte ist gut

Karli erzählt:

Das soll mir einer erklären, wie man sich aufs Englischvokabellernen konzentrieren soll, wenn man dauernd gestört wird! Es vergeht keine halbe Stunde, ohne daß die Mama anruft und mir einen Auftrag erteilt.

„Bitte, geh in die Apotheke und kaufe Vitamin-C-Brause für ihn!"

„Bitte koch ihm einen Kamillentee und tu viel Honig rein und paß auf, daß er ihn auch trinkt!"

„Bitte, meß ihm Fieber und ruf mich dann an und sag mir, wie hoch es ist!"

„Bitte, schau nach, ob wir noch Halswehtabletten in der Hausapotheke haben! Und steck ihm eine in den Mund!"

Mir kommt vor, die Frau Poppelbauer übertreibt ein bißchen. Eine Grippe ist ja keine lebensgefährliche Krankheit, und mein Bruderherz scheint sich auf seinem Krankenlager pudelwohl zu fühlen. Alles, was er zum Leben braucht, nämlich Bücher, hat er ja.

Und wenn die Mama gar so besorgt um ihren vergrippten Ani-Darling ist, dann soll sie halt ihren Strickladen zusperren und daheim Krankenschwester spielen. Sie hat ja keinen Chef, der sie kündigen könnte, wenn sie nicht am Arbeitsplatz erscheint!

Den blöden Wolladen sollte man sowieso und überhaupt zusperren. Die Mama macht sich bloß kaputt dabei und verdient nichts daran! Ich verstehe ja, daß die Mama es satt hatte, „Nur-Hausfrau" zu sein, und endlich etwas tun wollte, was ihr Spaß macht und Geld bringt. Und wie die Mama und die Theresa-Charlotta das Geschäft renoviert haben, habe ich das ja auch irrsinnig supertoll gefunden. Die viele bunte, weiche Wolle! Und die witzig dekorierten Schaufenster! Und die Wahnsinnspulli mit zwölf Farben, die die Mama gestrickt hat!

Aber nun hat sich eben herausgestellt, daß so ein Laden nicht viel Spaß macht, aber viele Sorgen bringt. Und es lächerlich ist, wenn die Mama stur sagt: „Ich will mein eigenes Geld haben!" Wo sie doch zugibt, daß der Laden kein Geld bringt. Der bringt gerade soviel Geld, daß der Kredit bezahlt werden kann, der fürs Renovieren aufgenommen worden ist. Außerdem verdient der Papa viel Geld und ist überhaupt nicht geizig, und die Mama könnte die Hälfte von diesem Geld seelenruhig als ihr „eigenes" ansehen und sich ein gutes Leben machen.

Aber ich will nicht ungerecht sein. Ich kann mir schon vorstellen, daß die Mama mit ihrem Leben unzufrieden war. Wenn man gerade das Gymnasium hinter sich hat und Italienisch-Russisch studieren und eine Simultan-Dolmetscherin werden will, und dann schon im ersten Semester schwanger wird, das Studium abbrechen und heiraten muß, dann ist das sicher nicht lustig.

Und ungerecht war es auch! Der Papa, der war ja damals auch erst im zweiten Studienjahr. Aber der hat weiterstudiert. Die Großmutter und der Großvater haben jeden Monat so viel Geld rausgerückt, daß der Papa und die Mama davon leben konnten. Und ich war ja noch so winzig, daß ich nicht viel gekostet habe.

Die Mama hat mir erzählt, daß sie sich damals ganz fest vorgenommen hat, später ihr Sprachstudium weiterzumachen. Sie wollte bloß warten, bis der Papa sein Studium hinter sich hat und Geld verdient und ich so groß bin, daß ich in den Kindergarten gehen kann. Zur Oma hat sie mich nicht geben können, weil die Oma damals noch nicht in Pension gewesen ist.

Doch bevor der Papa mit dem Studium fertig war, ist der Ani auf die Welt gekommen, und da hat die Mama resigniert. Zwei Kinder haben und studieren, das hat sie sich nicht zugetraut.

Wir haben daheim ja ein ziemlich lockeres Gesprächsklima, aber alles kann ich mit meinen Eltern nun auch nicht bereden, und deshalb weiß ich nicht, warum ich und der Ani eigentlich auf die Welt gekommen sind, wenn wir so gar nicht in den „Lebensplan" der Mama gepaßt haben. So Fragen wie: „Mama, warum hast du mich nicht verhütet", die stellt man einfach nicht. Und eine ehrliche Antwort würde ich darauf eh nicht bekommen.

Ehrliche Antworten sind bei uns daheim überhaupt rar. (Abgesehen vom Ani, der ist so ehrlich, daß es schon wieder saugrob ist.) Über Probleme decken der Papa und die Mama lieber eine dicke Tuchent. Aber die Tuchent hat viele Löcher, und die Probleme stinken durch. Was seit einiger Zeit am stärksten aus der Tuchent rausstinkt, ist ein Fisch namens Wilma. Ich wollte ihn ja die längste Zeit auch nicht riechen, obwohl mich der Ani mit der Nase drauf gestoßen hat. So lange, als nur immer möglich, habe ich zu ihm gesagt: „Du spinnst ja, unser Papa hat keine Geliebte!"

Der Ani hat leider nicht gesponnen. Der Papa hat den Fisch! Und er gibt sich in letzter Zeit gar keine Mühe mehr, ihn groß unter der Tuchent zu verstecken. Am Wochenende heuchelt er nicht einmal mehr das Angeln vor, sagt einfach Tschüs und Ba-ba und seilt sich ab. Und überhört die Frage vom Speedi, der wissen will, wo der Papa hinfährt. Und fragt der Speedi die Mama danach, dann sagt sie bloß: „Da mußt du schon deinen Vater fragen!"

Aber solange man mich nicht von etwas Schlimmerem überzeugt, bleibe ich dabei, daß es sich beim Wilma-Fisch bloß um einen Seitensprung handelt. Und Seitensprünge gehen vorüber. Und vielleicht bekommt der Fisch bald vom Papa genug! Mit dem Bürokollegen vom Papa war sie bloß ein Jahr zusammen. Mit dem Glatzkopf auch nur ein Jahr. Wenn sie den Papa ebenfalls nur ein Jahr aushält, dann müßten wir die ganze Affäre bald hinter uns haben! Falls es so ist, wie der Ani und ich annehmen, daß die Wilma-Sache zu dem Zeitpunkt begonnen hat, als der Papa seine Neigung zu Anglerwochenenden entdeckt hat.

Nein! Nicht schon wieder! Jetzt klingelt das Telefon wohl alle fünf Minuten! Wenn das wieder die Mama ist, dann dreh ich durch!

Natürlich war es wieder die Mama! Jetzt wollte sie wissen, ob das Fieber vom Ani gestiegen ist. Na logo ist es gestiegen. Das weiß sogar ich, daß Fieber am Nachmittag ansteigt. Ob sie den Arzt bestellen soll, hat sie mich gefragt. Wie soll denn ich das entscheiden?

39,6 Celsius warm ist der Ani. Ich habe ihm mit der Taschenlampe in den Hals geleuchtet. Auf seinen brandroten Mandeln sind lauter dottergelbe Tupfen. Er hat also keine normale Grippe, sondern eine eitrige Angina. Und gut geht es ihm sicher nicht, weil er freiwillig zu lesen aufgehört hat. Alle Buchstaben verschwimmen ihm vor den Augen, hat er gesagt. Aber einen Arzt hält er für unnötig. Vielleicht würde ihm ein kalter Brustwickel etwas nützen. Aber den läßt er sich von mir sicher nicht machen. Kalter Brustwickel ist ja auch grausam. Fragen könnte ich ihn ja trotzdem! Außerdem gehe ich mich jetzt zu ihm anstecken. Eitrige Angina ist ansteckend! Und ich müßte ja nicht so eine Roßnatur haben. Jede normale Schwester wäre nach so viel Bruder-Betreuung schon längst angesteckt. Die Englischvokabeln erlerne ich bis morgen sowieso und überhaupt nicht mehr. Warum soll ich morgen in die Schule gehen, nur damit ich wieder ein Nichtgenügend schreibe? Und übermorgen hätte ich Chemietest. In Chemie bin ich so wissend wie ein neugeborenes Baby. Jede Woche zwei Nichtgenügend auszufassen, das macht ja depressiv. Wenn ich herumhuste und mir einen Schal um den Hals wickle und mir dezent Rouge auf die Nasenflügel tupfe und Vaseline darüber, dann wird die Mama sicher nicht mißtrauisch. Und meine Mandeln kann sie ja nicht mehr kontrollieren. Die sind vor fünf Jahren im Abfalleimer eines Hals-Nasen-Ohren-Arztes gelandet.

Krank sein, ohne wirklich krank zu sein, ist eine recht angenehme Beschäftigung. Nur schade, daß wir keinen Videorekorder haben und nicht verkabelt sind. Mehr als ein Lehrgang in Französisch und Schulfernsehen über Berufswahl für männliche Hauptschulabgänger war aus dem blöden Kastl heute vormittag nicht rauszuholen. Um elf Uhr hätte dann ein Monsterschinken aus dem alten Rom angefangen, aber den habe ich mir nicht geben können, weil die Direktorin vom Speedi seiner Schule angerufen hat und gesagt hat, man muß den Speedi abholen, der ist krank.

Ich wollte ihn ja abholen! Aber wenn ich wirklich krank wäre, wäre ich doch viel zu schwach, um den Weg zur Schule zu schaffen. Außerdem bin ich wirklich zu schwach, um den Speedi von der Schule nach Hause zu tragen! Und der total grippekranke Winzling, komplett fiebrig, hätte doch nicht eigenfüßig heimgehen können!

„Muß ich wohl die Mama anrufen, daß sie ihn abholt", habe ich zum Ani gesagt.

„Warum eigentlich die Mama?" hat der Ani gefragt. „Ruf den Papa an!"

„Ist doch unnütze Zeitvergeudung", habe ich dem Ani vorgehalten. „Der sagt doch bloß, daß ich die Mama anrufen soll!"

„Dann sagst du", hat der Ani gekrächzt, weil sich sein Hals beim Reden schwer tut, „dann sagst du, daß die Mama nicht kann und gesagt hat, er soll das machen!"

„Hat sie aber nicht", beharrte ich.

Der Ani meinte, so genau brauche ich es mit der Wahrheit nicht zu nehmen. Ich weigerte mich trotzdem.

Ich habe mir nämlich ganz fest vorgenommen, neutral zu bleiben, weder zum Papa noch zur Mama zu halten und mich nicht einzumischen. Und das wäre eine Einmischung gewesen!

„OK, dann tue ich es eben!" Der Ani ist aus seinem Bett raus und zum Telefon gewankt. Er hat gewählt und nach dem Magister Poppelbauer gekrächzt. Was ich ihm prophezeit hatte, traf ein. Der Papa sagte dem Ani, er könne jetzt unmöglich vom Büro weg, er müsse zu einer sehr, sehr wichtigen Besprechung. Der Ani solle die Mama anrufen, die müsse den Speedi abholen.

Der Ani hat gelogen, daß er schon mit der Mama telefoniert hat, daß die Mama aber heute ohne Auto im Geschäft sei. Das Auto sei beim Mechaniker. Und mit der Straßenbahn dauere die Fahrt zur Schule ewig. Und ein Taxi würde zu teuer kommen.

So ein Blödsinn! Als ob unserer Mama ein Taxi zu teuer wäre! Ein Taxi ist ja kein Hubschrauber! Die Mama fährt sogar oft mit dem Taxi zum Frisör.

So etwas Ähnliches, glaube ich, sagte der Papa dem Ani auch, doch da krächzte der Ani in den Hörer: „Egal wie, du bist ein blöder Arsch, der auch einmal etwas tun kann!" Dann knallte er den Hörer auf die Gabel und tappte in sein Bett zurück. Und murmelte dabei: „Es gibt sowieso und überhaupt keine Besprechung, die so wichtig ist, daß man sie nicht verschieben könnte, wenn es nötig ist!"

„Meinst du!" habe ich gesagt. „Bin mir aber nicht sicher, daß er das einsieht!"

Der Ani hat sich ins Bett gelegt, hat sich zugedeckt, hat einen Schluck Kamillentee getrunken, um seine Gurgel zu schmieren, und hat gesagt: „Also, wenn der Papa jetzt nicht schon am Weg zu seinem Auto ist, dann kann er mir sowieso gestohlen werden!“

„Soll ich nicht trotzdem die Mama anrufen?“ fragte ich. Stur schüttelte der Ani den Kopf. Und manchmal hat der Ani wirklich etwas sehr Zwingendes! Obwohl er drei Jahre jünger ist als ich, kann ich ihm dann nicht widersprechen. Bloß: „Aber wenn den armen Speedi jetzt keiner abholt?“ fragte ich.

„Dann wird die Frau Direktor ja wohl bald wieder anrufen“, sagte der Ani und schaute auf die Uhr. „Wenn in den nächsten dreißig Minuten weder der Papa mit dem Speedi heimkommt oder die Direktorin wieder anruft, dann kannst du die Mama verständigen!“

Mir gefiel das nicht, aber ich nickte. So warteten wir halt. Der Ani im Bett, ich auf der Bettkante. Und während wir so warteten, fragte ich den Ani: „Und wie redest du dich raus, wenn rauskommt, daß die Mama vom kranken Speedi gar nichts gewußt hat, daß ihr Auto nicht beim Mechaniker ist, und sie nie gesagt hat, daß ihr ein Taxi zu teuer ist?“

Der Ani sagte: „Erstens kommt es nicht raus, weil der Papa und die Mama ohnehin nicht mehr miteinander reden. Und zweitens braucht sich niemand zu wundern, wenn das Ergebnis einer gestörten und zerrütteten Ehe ein gestörter und zerrütteter Knabe ist, der Unwahrheiten von sich gibt!“ Dann drehte sich der Ani zur Wand und mir den Hintern zu.

Von der halben Stunde waren erst zwanzig Minuten vergangen, da kam der Papa mit dem Speedi. Als ich sein Auto vors Haus rollen sah, legte ich mich schnell in mein Bett und hustete vor mich hin.

Der arme Speedi war echt total hinüber. Trübäugig und ofenheiß und schlapp wie ein Putzlappen. Und der Papa hatte es plötzlich gar nicht so eilig. Er holte für uns Biskotten vom Bäcker und kochte uns Tee, schüttelte uns die Kissen auf und putzte uns die Biskottenbrösel aus den Betten. Eine richtige, schöne Vater-Kinder-Harmonie hatten wir. Schade, daß sie der Speedi nicht mitgekriegt hat, der ist gleich, nachdem ihn der Papa ausgezogen und ins Bett gelegt hat, in einen tiefen Fieberschlaf verfallen.

Die Vater-Kinder-Harmonie wurde nicht einmal durch den Anruf der Mama gestört. Die wollte sich erkundigen, wie es dem Ani und mir geht, und was wir zum Nachtmahl wollen – sie hat jetzt die Hausbesorgerin vom Wollgeschäfthaus fürs Einkaufen engagiert –, und sie war natürlich sehr erstaunt, daß der Papa am Telefon ist, und schön langsam hat sich alles das herausgestellt, von dem der Ani behauptet hat, daß es sich nie herausstellen wird. Doch der Ani hat dem Papa gar nicht sagen müssen, daß man einem zerrütteten, gestörten Kind das Lügen nicht übel nehmen darf, denn der Papa hat überhaupt nicht gefragt, warum ihn der Ani belogen hat. Vielleicht, weil er mit einem anginakranken Kind nicht streiten will? Oder weil er sowieso und überhaupt ein schlechtes Gewissen uns gegenüber hat?

Erst knapp bevor die Mama vom Geschäft heimgekommen ist, ist der Papa weggegangen. Da war der Speedi gerade ein bißchen munter.

„Wo gehst denn hin?“ hat er den Papa gefragt.

„Ich muß noch einmal ins Büro zurück“, hat der Papa geantwortet.

„Und wann kommst du wieder heim?“ hat der Speedi gefragt.

„Bald“, hat der Papa geantwortet.

„Bald ist aber keine Zeit“, hat der Speedi gesagt.

„Bald ist so gegen neun oder zehn Uhr“, hat der Papa gesagt.

„Also neun? Oder zehn?“ Der Speedi wollte es noch genauer wissen.

„Halb zehn!“ hat der Papa gesagt.

„Auf Ehrenwort?“ hat der Speedi gefragt.

„Auf Ehrenwort!“ hat der Papa geantwortet. Ich war gerade, hustend, auf dem Weg zum Klo und habe das Gesicht vom Papa gesehen, wie er dem Speedi das Ehrenwort gegeben hat. Er hat es garantiert ehrlich gemeint! Ich kenne mich im Gesicht vom Papa aus! Wenn er notlügt, dann schaut er ganz anders drein! Dann schaut er den, den er anschwindelt, nicht an. Dann schaut er vage in der Gegend herum und hat einen Flatterblick!

Bloß um eine halbe Stunde hat der Papa sein Ehrenwort „überzogen“, und ich dumme, rosarote Brillengans habe schon wieder einmal einen Hoffnungsschimmer am Familienhorizont erblickt. Weil doch Donnerstag war. Und Donnerstag ist ja bekanntermaßen einer der Wilma-Tage.

Na siehste! hab ich mir gedacht. Wir sind ihm doch wichtiger als sein Seitensprung! Wenns drauf ankommt, ist er voll da!

Aber was dann voll da war, war ein Super-Streit, der damit angefangen hat, daß die Mama vom Papa verlangt hat, er müsse ihr jetzt helfen, uns kranke Kinder zu versorgen. OK, hat der Papa gesagt, wird er die nächsten Tage zeitig vom Büro heimkommen. Aber die Mama hat gesagt, er muß uns untertags hüten. Weil ihr Co noch immer in den USA ist und sie das Geschäft nicht zusperren kann. Sie braucht die Einnahmen. Aber wenn sich der Papa für ein paar Tage krank meldet, dann entgehen ihm keine Einnahmen. Und er ist schließlich unser Vater und hat die gleichen Pflichten uns gegenüber wie sie.

Na, da hat der Papa vielleicht losgelegt! Daß er einen harten Job hat, und daß man den nicht mit einem Wollknäuel-Saftladen vergleichen könne.

Er ist ins Vorzimmer hinaus, hat einen Koffer aus dem Schrank geholt und Klamotten hineingeworfen und dabei geschrien, daß er ja auch kündigen könne und den Haushalt übernehmen! Und daß wir halt dann von dem leben werden, was der Saftladen einbringt! Und daß wir dann am Hungertuch nagen werden!

Das hat er natürlich nicht ernst gemeint. Und überhaupt hat er so getan, als ob die Mama nicht wirklich ein Problem hätte, sondern ihn bloß gehässig und aus lauter Heimtücke zu etwas ganz Absurdem zwingen wollte. Er läßt sich von ihr nicht erpressen, hat er geschrien. Die Mama soll die Oma zur Krankenpflege herbestellen!

Die Mama hat ihm erklärt, daß die Oma doch jeden Grippevirus in Null-komma-Josef fängt, und daß sie dann übermorgen vier Pflegefälle hätte. Das ist wahr. Unsere Oma braucht man bloß einmal anzuniesen, und schon hat sie einen

Prachtschnupfen. Sie hat zu wenig Abwehrkräfte im Körper, sagt der Doktor. Und das weiß der Papa doch. Aber er hat wieder so getan, als ob das bloß von der Mama eine Erfindung wäre, hat den Koffer zugemacht und gesagt, er könne uns ja auch die Großmutter zum Pflegen schicken.

Die Mama hat das Großmutter-Angebot ignoriert. Gottlob! Sie weiß, daß sie uns die Frau nicht antun kann. Da würde der Ani ja noch lieber mit seinem Fieber und den Eitertupfen auf den Mandeln in die Schule gehen, als sich von der alten Keifen versorgen zu lassen! Und der Speedi ebenfalls!

Doch der Papa hat anscheinend gemeint, daß er mit diesem Vorschlag genug für uns getan hat. Er hat seinen Koffer genommen und ist der Haustür zu.

Die Mama hat hinter ihm her gesagt: „Wenn du jetzt einfach gehst und mich in der Scheiße sitzen läßt, dann ist es wirklich aus!"

Ich bin mir nicht sicher, ob er das überhaupt noch gehört hat.

Und was hat das jetzt zu bedeuten? Was meint die Mama mit „wirklich aus"? Was bedeutet der Koffer, den der Papa mitgenommen hat?

„Na, daß er ausgezogen ist, du Blitzkneißerin, du", hat der Ani zu mir gesagt. Es hätte lässig und cool klingen sollen, aber seine Stimme hat so gekiekst, daß man gemerkt hat, er unterdrückt das Weinen.

Richtig ausgezogen ist der Papa doch nicht! In dem Koffer war nicht einmal ein Zehntel seiner Klamotten. Wenn man sein Schrankabteil aufmacht, ist da noch so viel drinnen, daß man gar nicht sieht, daß etwas fehlt. Und aus seinem Zimmer ist nicht einmal ein Bleistift weg oder ein Buch. Alle Sachen, die dem Papa allein gehören, sind noch da. Auch sein Rasierapparat und sein Bademantel und sein After-Shave und seine Zahnbürste.

Der Ani behauptet, der Papa habe den Streit inszeniert und aufgebauscht, damit er einen Grund hat, seinen Koffer zu packen und abzuhauen.

Weil er zu feig ist, der Mama in aller Ruhe zu sagen, daß er fort will von uns.

Ich wollte mit der Mama reden. Die hat sich, gleich nachdem der Papa weggegangen ist, ins Bett gelegt und das Licht abgedreht. Ich bin zu ihr ins Zimmer hinein. Sie hat sich schlafend gestellt. Aber schlafende Menschen atmen ganz anders. So habe ich sie gefragt: „Du, Mama, was wird denn jetzt?“

Sie hat mir keine Antwort gegeben.

„Wie geht es denn nun weiter?“ habe ich nicht lockergelassen.

Da hat sie mir endlich Antwort gegeben. Sie hat gesagt: „Morgen in der Früh rufe ich halt doch die Oma an, daß sie herkommt. Muß ich halt riskieren, daß sie auch die Grippe erwischt!“

Als ob ich das hätte wissen wollen!

Ich bin, ohne das Licht anzudrehen, zum Bett der Mama hin und habe mich auf die Bettkante gesetzt. Die Mama hat nach meiner Hand gegriffen.

„Ich weiß doch auch nicht“, hat sie gesagt. „Irgendwie wird es schon weitergehen“.

Ich habe sie gefragt, wie sie das gemeint hat, das mit „in der Scheiße sitzen“ und „wirklich aus“.

Wenn es nicht zum Heulen wäre, dann wäre es ja direkt zum Lachen! Die Mama war ganz entsetzt und irritiert, daß ich das gehört habe. Was denken sich so Eltern eigentlich? Stehen im Vorzimmer und keifen einander in Superlautstärke an und meinen, der Nachwuchs ist taub? Oder wie? Oder was?

So habe ich der Mama gesagt, daß die Wände in unserem trauten Heim so dünn sind, daß wir Kinder sämtliche Streitereien zwischen ihnen von Anfang an mitbekommen haben. Und daß wir auch nicht blöd sind und wissen, daß der Papa einen Wilma-Fisch hat. Der Ani und ich natürlich nur. Der Speedi weiß das nicht.

Die Mama hat ziemlich geschluckt, bis sie das verdaut hatte. Dann hat sie zu mir gesagt, wenn wir das ohnehin wissen, dann werden wir ja einsehen, daß sie so nicht leben kann. Es muß sich etwas ändern.

„Etwas ändern“ kann alles Mögliche heißen. Ich glaube, die Mama hat selbst nicht gewußt, was sie damit meint. Früher, als ich noch ein richtiges Kind gewesen bin, habe ich immer geglaubt, die Erwachsenen hätten den großen Durchblick. Wahrscheinlich muß man das als Kind glauben, damit man sich halbwegs sicher fühlt. Aber die Erwachsenen sind oft sehr ratlos und kennen sich überhaupt nicht aus und haben in ihren Köpfen einen Wirrwarr.

Am liebsten würde ich mir den Schal vom Hals wickeln und das Rouge und das Vaseline von der Nase wischen, zu hüsteln aufhören und wieder in die Schule gehen! Aber der Ani sagt, er braucht mich zur Unterstützung, allein steht er das nicht durch. Und ich, sagt er, habe mehr Durchschlagskraft, um mich zur Wehr zu setzen. OK, halte ich eben die Stellung!

Ohne Vorwarnung ist das Ungemach über uns hereingebrochen. Um sieben Uhr hatte ich ein Zweier-Frühstück mit der Mama. Der Ani und der Speedi haben noch geschlafen. Es war mein erstes Werktagsfrühstück ohne Papa! Die Mama hat – zwischen Kaffeeschlucken – dreimal versucht, die Oma anzurufen, doch die hat nicht abgehoben. Sicher war sie einkaufen. Die Oma ist ein Morgenmensch. Sie hätte es am liebsten, wenn der Greißler an der Ecke schon um sechs Uhr den Rollbalken hochziehen würde.

Bevor die Mama ins Geschäft gefahren ist, hat sie zu mir gesagt, sie wird die Oma vom Wolladen aus anrufen. Ich bin ins Bett zurück, um noch eine Runde zu schlafen. Schlaf am späten Morgen ist ein Luxus, den ich ungeheuer liebe. Lange konnte ich mich aber diesem Luxus nicht hingeben. Speedi-Gebrüll riß mich aus einem himmlischen Traum, in welchem ich in einem roten Porsche querfeldein flitzte. Und ein irrer Typ saß neben mir im Porsche. Wieso ich mir nicht den Wuzi neben mich träume, das muß ich mir auch noch überlegen!

Ich sprang also aus dem Bett und lief zum Zimmer vom Speedi. Der Ani, auf Fieber-Wackelbeinen, war auch schon dorthin unterwegs. Als ob sich der Speedi in Lebensgefahr befände, so hörte sich das Gebrüll an. Ich glaubte an einen fiebrigen Alptraum.

Der Alptraum war aber aus Fleisch und Blut! Die Großmutter stand vor dem Bett vom Speedi und wollte ihm einen kalten Brustwickel machen. Und gleich war sie wieder beleidigt. Bloß weil der Ani und ich gefragt haben, wieso sie da ist. Kann ja sein, daß wir nicht besonders freundlich gefragt haben. Doch da erwartet man sich eine nette Oma, und dann taucht diese Schreckschraube auf. Was da schiefgelaufen ist, weiß ich nicht.

Ich habe bei der Mama im Geschäft angerufen und sie gefragt, wieso statt der Oma die Großmutter da ist. War mir völlig schnuppe, daß die Alte das gehört hat. Eine, die unsere saubere Küche putzt und dabei laute Selbstgespräche führt, in denen sie sich mitteilt, daß ihre Schwiegertochter alles verlottern läßt, und daß es kein Wunder ist, wenn dann eine Ehe nicht funktioniert, so eine hat keine Rücksichtnahme zu erwarten!

Die Mama hat wieder einmal herumgestottert. Sie kann nichts dafür, hat sie gesagt. Der Papa hat uns die Großmutter bestellt. Und das kann sie ihm ja nicht verbieten, hat sie gesagt. Und die Oma wäre schon gekommen, trotz Grippevirus-Gefahr. Aber wie sie gehört hat, daß die Großmutter bereits da ist, wollte sie nicht mehr. Die beiden können einander nämlich nicht ausstehen.

Der Ani wollte dann auch noch die Mama anrufen. Er wollte ihr sagen, daß sie den Papa anrufen und ihm auftragen muß, seine Krankenpflegerin schleunigst vom Kriegsschauplatz abzuziehen.

Ich habe ihm das ausgeredet. Wir werden die Alte schon

durchstehen. Ich denke, wir müssen jetzt vernünftig sein. Käme ja doch wieder nur ein Telefonstreit zwischen der Mama und dem Papa heraus. Und wenn wir wollen, daß die beiden miteinander wieder gut werden, dann müssen wir neuen Streit vermeiden. Der Ani hat das eingesehen.

Drei Tage lang haben wir die Großmutter zähneknirschend ausgehalten. Obwohl sie uns sagenhaft auf den Wecker gefallen ist. Kaum hat man einen nackten Fuß vom Bett auf den Boden gestellt, hat es schon geheißen: „Zieh sofort Hausschuhe an, sonst wirst du nie gesund!“ Kaum hat man den Fernseher aufgedreht, hat es schon geheißen: „Dreh sofort ab und geh ins Bett zurück. Fernsehen schadet sogar gesunden Kindern und kranken umso mehr!“ Kaum hat man die Eisschranktür aufgemacht, hat es geheißen: „Laß das! Gegessen wird zu den Mahlzeiten!“

Und was das für Mahlzeiten waren! Kamillentee zum Trinken und Pappbrei zum Essen! Und ja kein rohes Obst! Nur Apfelkompott! Weil die Frau etwas von „Schonkost“ versteht! Dem Ani und dem Speedi hat das nicht so viel ausgemacht. Die sind ja echt krank – der Ani besonders –, die wollten ohnehin nicht viel herumgehen, fernschauen und essen. Aber ich bin mir richtig vergewaltigt vorgekommen. Und mißtrauisch war sie auch. Sie hat mich immer so angeschaut, als ob sie mir das Kranksein nicht abnehmen wollte. Vor lauter gespieltem Husten habe ich schon einen echten Reizhusten bekommen.

Jeden Tag haben wir sehnlichst darauf gewartet, daß es endlich sechs Uhr wird. Um sechs nämlich, da ist sie abmarschiert. Weil die Mama um halb sieben heimkommt. Und mit der wollte sie anscheinend nicht zusammentreffen. Sie hat ja auch täglich zehnmal betont, daß sie uns ihrem Sohn zuliebe hütet!

Heute nun, gleich nach der Schule, taucht der Wuzi auf. Zum Krankenbesuch. Ohne vorher anzurufen. Und ich sitze im Bett, mit der abscheulichen Rouge-Vaseline-Nase.

Der Wuzi hat sich die Hände vor die Augen halten müssen. Solange, bis ich mir die Krankheit von der Nase gewischt hatte. Er hat zwar behauptet, daß ihn eine rote Fettnase nicht störe, aber das sagt sich leicht! Und hinterher grinst er dann ja doch, wenn er daran denkt.

Ich habe mir also die Nase gesäubert, damit ich wieder ein Anblick bin. Der Wuzi hat mir einen Kuß auf die blanke Nasenspitze gehaucht, ich habe ihm einen Kuß auf seine Nasenspitze gehaucht, er hat einen Arm um mich gelegt, und gerade, wie er mich richtig küssen will und ich mir denke: Karli, jetzt passiert dein erster Kuß, diesen Augenblick wirst du dein Leben lang nicht vergessen, da geht die Zimmertür auf, die Großmutter steht da und sagt: „Karoline! Ja, schämst du dich denn nicht!“

„Sowieso und überhaupt nicht!“ habe ich sie angeschrien. Aber das hat sie nicht sehr beeindruckt. Hoheitsvoll wie die Königin von Saba hat sie gesagt: „Solange ich hier bin, unterläßt du das!“ Und zum Wuzi hat sie gesagt: „Und der junge Mann geht jetzt heim!“

Der Wuzi wollte aufstehen und folgsam abhauen. Aber ich habe ihn festgehalten. In mir war so eine rasende Wut, daß ich beinahe zerplatzt wäre. Daß mir ausgerechnet die

Alte meinen ersten Kuß versaut, das hat mich fix und fertig gemacht.

„Du bleibst da", habe ich zum Wuzi gesagt. Und zur Großmutter, ich hoffe, ebenfalls so hoheitsvoll wie die Königin von Saba: „Bitte, geh sofort aus meinem Zimmer!"

Da war die Frau perplex. Richtig um Luft gerungen hat sie. Und dann hat sie beschlossen, nicht nur mein Zimmer, sondern das Haus zu verlassen. Und nie mehr wiederzukommen! (Daß sie nie mehr wiederkommt, hat sie nicht mir, sondern dem Speedi mitgeteilt. Hoffentlich hat er sich nicht verhört.)

Der Wuzi war hinterher etwas verstört. Ob ich nicht übertrieben habe, hat er mich gefragt. Aber er war auch sichtlich fasziniert von meiner Durchschlagskraft. Und dann haben wir den richtigen Kuß nachgeholt. Und der Wuzi hat gesagt, daß das gar nicht unser erster Kuß ist, weil er mir schon einmal einen gegeben hat. Im Kindergarten in der Sandkiste. Und seit damals, hat er gesagt, sehnt er sich nach dem nächsten!

Ist schon komisch! Vater mit Koffer weg, Brüder krank, Mutter verzweifelt, und ich sitze da und summe vor mich hin. Was ein erster Kuß so ausmacht!

Einen richtigen, flotten Drive habe ich drauf! Und von jetzt an nehme ich den Haushalt in die Hand. Und die Krankenpflege! Das krieg ich schon hin!

Ich habe es der Mama, wie sie am Abend heimgekommen ist, mitgeteilt. Zuerst hat sie gemeint, wenn ich wieder gesund bin, müsse ich in die Schule gehen. Weil meine Noten eh so saumäßig schlecht sind und mir jeder Schultag, den ich versäume, fehlt. Aber sie war leicht davon zu überzeugen, daß diese Woche in der Schule sowieso und überhaupt nichts los ist, und daß im Moment meine Anwesenheit daheim viel wichtiger sei. Vielleicht war sie auch gar nicht wirklich überzeugt und ist bloß so durcheinander, daß ihr alles ziemlich wurscht ist.

Ich will mich ja nicht loben, aber ich schaukle den Laden prima. Meine Brüder essen sogar, was ich koche! Und den Speedi habe ich gesundgepflegt. Der Ani hat noch immer Fieber und Eiter auf den Mandeln, aber besser geht es ihm auch schon. Die körperliche Versorgung klappt also. Um die seelische Betreuung steht es nicht so prächtig. Seit sechs Tagen war der Papa nicht mehr daheim. Und der Speedi löchert mich unentwegt, wann denn der Papa wiederkommt, und wo er überhaupt ist. Richtig wildwütend wird er, wenn ich ihm sage, daß ich das auch nicht weiß. Aber was soll ich ihm denn sagen? Ich habe ja nicht Psychologie studiert, daß ich wüßte, was man da so einem Zwerg erzählen soll. Ich bin ja auch bloß ein doppelstöckiger Zwerg.

Ich habe versucht, mit der Mama darüber zu reden. Aber die zuckt bloß mit den Schultern. Und murmelt: „Was weiß denn ich?“ Wie gelähmt kommt sie mir vor.

Komischerweise fragt der Speedi die Mama nicht nach dem Papa. Wenn sie am Abend heimkommt, spielt er auf Schmusekatze, will bei ihr kuscheln und Geschichten erzählt haben. Und ab morgen geht er wieder in die Schule. Wie lange ich noch meine „Ferien“ in die Länge ziehen kann, kommt auf den Ani und seine Eitertupfen an. In Wirklichkeit könnte er natürlich auch ohne mich auskommen! Aber er tut vor der Mama so, als brauche er mich. Ich habe ihn darum gebeten. Mir graust so schrecklich vor der Schule! Ich war schon vor meinen „Ferien“ auf lauter Nichtgenügend, und wenn ich jetzt wieder hingehe, dann bin ich doch sowieso und überhaupt der allerletzte Trottel, bei dem, was ich inzwischen versäumt habe. Der Wuzi hält mich für einen intelligenten Menschen. Der liebt mich eben!

Früher habe ich auch gedacht, daß ich nicht blöd bin. Bin ich aber! In mein Hirn geht nichts rein. Vernagelt und verkleistert ist das. Es nützt nichts, wenn ich mich zum Lernen hinsetze. Ich starre auf die Buchstabenzeilen und lese sie murmelnd gut zehnmal herunter. Und kann mich dann doch nicht daran erinnern, was ich da gelesen habe. Ich sei nicht dumm, ich sei bloß unkonzentriert, hat unser Klassenvorstand zu mir gesagt. Was habe ich denn davon? Soll mir einer gefälligst sagen, wie man es schafft, sich zu konzentrieren! Am liebsten würde ich mit der Schule aufhören und etwas lernen, was man nicht mit dem Kopf, sondern mit den Händen machen kann.

Schöne Hüte würde ich gern machen. Oder Glas bemalen. Oder Blumen züchten. Doch davon haben meine Eltern noch nie etwas wissen wollen. Gymnasiumabschluß gehört bei uns in der Familie zur Grundausstattung. Dabei ist das ja ein Witz. Was hat die Mama denn von ihrer „höheren“ Schulbildung? Ein miesgehendes Wollgeschäft!

Ich habe mir ja geschworen, weder zum Papa noch zur Mama zu halten und mich in ihren Streit nicht einzumischen.

Aber das funktioniert nicht! Schön langsam kriege ich eine große Wut auf den Papa. Er ist wirklich gemein! Der Speedi ist heute nicht in die Schule gegangen, er ist zum Papa ins Büro gefahren. Ich hätte ihm gar nicht zugetraut, daß er das schafft. Aber daß er es getan hat, ist ja wirklich zu verstehen. Wenn ihm niemand von uns sagt, was los ist, was soll er denn sonst tun? Und eigentlich ist es nur erstaunlich, daß der Ani und ich noch nicht auf diesen Gedanken gekommen sind.

Also, ganz ehrlich: Auf den Gedanken bin ich schon gekommen. Aber ich habe ihn nicht in die Tat umgesetzt, weil ich Angst vor dem gehabt habe, was er mir sagen könnte. Und dem Ani ist es wahrscheinlich auch so gegangen.

Dem Papa war es garantiert unangenehm, daß der Speedi bei ihm im Büro aufkreuzt. Wie sich das genau abgespielt hat, weiß ich nicht. Der Speedi hat uns bloß erzählt, daß ihm die Sekretärin vom Papa ein Cola aus dem Automaten geholt hat, und daß sie dann mit ihm in einem Taxi zur Schule gefahren und in seine Klasse gegangen ist und seiner Frau Lehrerin vorgelogen hat, daß der Speedi deshalb so spät kommt, weil er noch bei einer „Abschiedsuntersuchung" gewesen ist. Das hat die Sekretärin sicher nicht gesagt. Ist ja aber auch wurscht, was die der Lehrerin erzählt hat. Nicht wurscht ist, daß der Papa dem Speedi versprochen hat, am Abend heimzukommen! Auf Ehrenwort hat er ihm das versprochen. Und wenn sich der Speedi auch bei der „Abschiedsuntersuchung" verhört hat, beim Ehrenwort vom Papa hat er sich sicher nicht verhört.

Ganz begeistert ist der Speedi zu Mittag von der Schule

heimgekommen. Den ganzen Nachmittag hat er gewartet. Um fünf Uhr habe ich dann im Büro vom Papa angerufen. Er war nicht mehr dort.

„Na siehst", hat der Speedi zu mir gesagt. „Jetzt wird er gleich da sein!"

Wie die Mama vom Geschäft gekommen ist, war er immer noch nicht da. Aber der Speedi ist hartnäckig dabeigeblieben, daß der Papa noch kommen wird. Wegen dem Ehrenwort! Jetzt ist es zehn Uhr vorbei, und der arme Zwerg sitzt noch immer im Wohnzimmer und behauptet, daß der Papa garantiert noch kommen wird. Die Mama versucht seit einer Stunde, ihn vom Gegenteil zu überzeugen und ihn ins Bett zu treiben.

Jetzt hat sie ihm versprochen, ihn aufzuwecken, falls der Papa doch noch kommt. Und jetzt ist er anscheinend bereit, in die Heia zu wandern.

Wir hatten gehofft, daß der Speedi die große Enttäuschung am Morgen ein bißchen überwunden haben wird. Das war ein Irrtum. Er hat sie nicht überwunden, er ist an ihr plemplem geworden! Stur und steif hat er behauptet, daß der Papa doch noch da war. Mitten in der Nacht! Und erst am Morgen, knapp bevor wir aufgewacht sind, ist er weggegangen! Ich hoffe bloß, daß er nur Recht behalten und uns deswegen einen Bären aufbinden wollte. Denn wenn er sich solche Sachen wirklich einbildet, dann gehört er ja behandelt!

Ich gehöre auch behandelt. Mit einer Anti-Schul-Frust-Pille. Ich war heute zum ersten Mal wieder im Bildungstempel! Ich habe geglaubt, ich stehe die fünf Stunden nicht durch. Dabei haben mich die Lehrer ja ohnehin in Frieden gelassen, weil ich so lange gefehlt habe. Allein, wenn ich mir anschaue, was ich nun alles nachschreiben muß, bekomme ich schon eingeschlafene Finger! Der Wuzi will unbedingt mit mir lernen. Ich mag aber nicht mit dem Wuzi lernen. Wenn er merkt, wie blöd ich bin, verflutscht seine Liebe!

So! Jetzt ist die Katze endlich aus dem Sack und mit meiner rosaroten Brille auf und davon! Um es ordentlich der Reihe nach zu berichten:

Zuerst bin ich von der Schule heimgekommen, und der Ani hat mir mitgeteilt, daß die Mama angerufen hat. Daß sie gesagt hat, der Speedi komme erst am Nachmittag heim. Weil ihn der Papa zu Mittag von der Schule abholt, um sein Versprechen mit zwanzig Stunden Verspätung doch noch einzulösen.

„Falls der Herr Poppelbauer nicht wieder etwas anderes vorhat", hat der Ani hinzugefügt. Und der Wuzi, der mit mir heimgekommen ist, hat gemeint, der Ani solle sich über den Papa nicht erregen, denn zwanzig Stunden Verspätung seien gar nicht viel. Sein Vater habe sich inzwischen bereits um annähernd hundertdreißigtausend Stunden verspätet. Das sind fünfzehn Jahre! Der Wuzi hat seinen Vater nämlich überhaupt noch nie gesehen. Der lebt im Ausland, ist dort verheiratet und schickt bloß Alimente. Der Wuzi weiß nicht einmal, wie sein Vater ausschaut. Alle Fotos von ihm hat die Wuzi-Mama damals, als sie der Mann „sitzengelassen hat", auf winzige Futzerln zerrissen.

Als der Speedi um viertel nach zwölf noch nicht daheim war, waren wir sicher, daß ihn der Papa wirklich abgeholt hat. Wir haben zu dritt die „Carbonara“ hinuntergewürgt, die der Ani gekocht hat. Zum Kochen ist er schon wieder fit genug. Bloß um aus dem Haus zu gehen und einzukaufen, ist er noch viel zu wacklig auf den Beinen. So hat er eben zu den „Carbonara“ genommen, was im Haus noch vorrätig war. Statt der Spaghetti Bandnudeln, statt dem Speck Salami, statt dem Parmesan Hüttenkäse und statt dem Obers gar nichts. Dafür hat er überreichlich Eier genommen, und die „Carbonara“ waren eher ein Omelett mit Teigwarenbrocken. (Weil die Nudeln beim Kochen nicht einzeln geblieben, sondern sich auf bißfeste Brocken vereinigt haben.) Aber man wird ja im Laufe seiner Kindheit und Jugend bescheiden! Dann habe ich beschlossen, mit dem Papa, wenn er den Speedi heimbringt, ernsthaft zu reden und ihn zu fragen, was los ist und wie alles weitergehen soll. Ist ja wohl mein gutes Recht, zu wissen, ob wir noch einen Vater haben oder nicht!

Der Wuzi und ich waren gerade im Zimmer vom Ani, wie der Speedi heimgekommen ist. Er hat eine riesige Schokoladentorte ins Wohnzimmer balanciert. Irre aufgekratzt war er, und gebrüllt hat er, daß wir jetzt alle gemeinsam Torte essen werden. Und hinterher werden wir mit dem Papa in die Stadt fahren, und der Papa wird für uns Jeans kaufen und neue Schuhe. So ganz à la: Seid glücklich, ich habe euch einen Spendierhosenpapa heimgebracht!

Ich bin ins Wohnzimmer zum Papa und zum Speedi hinüber gegangen. Der Ani hat sich geweigert, mitzukommen.

Er will den Papa nicht sehen, hat er gesagt. Der Wuzi ist beim Ani geblieben. Nachher hat er mir erzählt, der Ani habe ihm erklärt, er müsse sich den Papa abgewöhnen, und das sei wie beim Rauchen, man habe einen endgültigen Schlußstrich zu ziehen. Wenn man sich das Rauchen abgewöhnen will, darf man zwischendurch auch nicht hin und wieder einen Zug aus einer Zigarette machen, sonst ist die ganze Entwöhnung für die Katz und die Sucht wieder da.

Wahrscheinlich hat der Ani recht, aber so klug wie mein Bruderherz bin ich nun einmal nicht! Ich bin also zum Papa hinüber, und der Papa hat mich umhalst und gedrückt, richtig herzflattrig ist mir geworden, fast hätte mich die totale Rührung überfallen, aber ich habe mich zusammengerissen, aus seinen Armen befreit, mein inneres Auge vor seinem Charme geschlossen und gesagt: „Papa, jetzt reden wir einmal Klartext, den haben wir nötiger als Torten und Jeans und Schuhe!“ Obwohl ich allerhand zum Anziehen dringend nötig hätte und klamottenmäßig völlig am Treibsand bin.

Mit irgendwelchen dummen Scherzlein wollte sich der Papa rauswinden, aber ich bin beinhart geblieben. Ich habe ihm fest in die Augen geschaut und habe ihn gefragt: „Wie ist das nun? Ist deine Entfernung von der Truppe eine vorübergehende Abirrung vom Weg, oder desertierst du komplett?“ Der Satz hätte von meinem Bruderherz stammen können und paßt eigentlich überhaupt nicht zu mir. Aber es ist eben wesentlich leichter, in gewissen schaurigen Situationen einen coolen Sager rauszulassen, als zu verkünden, wie einem wirklich ums Herz ist.

Der Papa hat mächtig zu schwafeln angefangen. Wenn wir Probleme haben, hat er gesagt, steht er uns ja sowieso und überhaupt jederzeit zur Verfügung. Und ab jetzt wird er sogar viel öfter mit uns zusammen sein als früher. An den Wochenenden und in den Ferien. Und ein schöner Tag ohne Elternstreit ist für Kinder doch weit besser als eine ganze häßliche Woche mit streitenden Eltern. Und wenn Menschen einander wirklich lieben, dann brauchen sie nicht jeden Morgen beim Frühstück an einem Tisch zu sitzen!

Keine Ahnung, wie lange er noch so verlogen dahergeredet hätte, wenn ich ihn nicht unterbrochen hätte.

„Das heißt dann also wohl Scheidung?" habe ich gefragt.

„Ja", hat er geantwortet. Und da hat der Speedi die Torte gepackt und geworfen. Einfach so! Wortlos! Quer durch das Wohnzimmer, zur Tür hinaus. Ins Vorzimmer ist sie gesaust, wie eine Frisbeescheibe. Neben dem kleinen Telefonschrank ist sie auf dem Boden aufgeklatscht und zu etlichen dunkelbraunen Brocken zerfallen. Und der ganze Boden rundherum war voll Schokocremespritzer.

Der Speedi ist in sein Zimmer gelaufen, und ich habe dem Papa gesagt, daß er jetzt besser gehen sollte. Was er auch hurtig getan hat. Vorher hat er noch, mit zwei Dackelfalten auf der Stirn, genuschelt: „Später einmal, da werdet ihr das alles besser verstehen!"

Ich weiß nicht, wie es weitergegangen wäre, wenn wir den Wuzi nicht dabeigehabt hätten. Der Wuzi ist eine Seele von einem Menschen. Er hat die hingeklatschte Torte restauriert. Die unglücklichen braunen Brocken hat er vom Boden geschabt. Die Cremepatzen hat er auch eingesammelt. Und dann hat er in der Küche den ganzen Matsch wieder zu einer halbwegs runden Einheit zusammengefügt und – mit viel Kakao überpudert – aufgetragen. Eine gute Torte, hat er gesagt, soll man nicht verkommen lassen. Und Väter und Torten soll man auseinander halten.

Ich habe den Speedi aus seinem Zimmer gelockt und ihn, so gut ich es eben schaffte, getröstet. Den Ani hätte ich auch gern getröstet, aber bei dem weiß ich überhaupt nicht, wie das gehen sollte. So einen kleinen Knirps wie den Speedi, den kann man ja streicheln. Und ihm die Nase putzen. Aber bei einem dreizehnjährigen Knaben geht das nicht. Noch dazu, wenn er nicht heult und keine Überproduktion an Rotz liefert.

Bis zum Abend, bis die Mama vom Geschäft heimgekommen ist, haben wir zu viert tatsächlich die ganze Torte verputzt gehabt. Und die Mama war sehr froh darüber. Ich habe ihr angemerkt, daß sie sich denkt: Also, wenn meine Kinder eine ganze Torte auffressen, nachdem ihnen ihr Vater die Scheidung angekündigt hat, dann kann ihr Kummer nicht allzu groß sein.

Aber das stimmt nicht. Mein Kummer wenigstens, der ist groß. Und ich hätte auch nie gedacht, daß ich trotz großem Kummer drei Stück Schokotorte mampfen könnte! Erklären, warum das möglich war, kann ich es mir auch nicht. Alles, was mir dazu einfällt, ist der alte Spruch von unserer Oma, den der Ani beim traurigen Tortenessen zitiert hat. Der heißt: „Wer nie sein Brot mit Tränen aß, der weiß einen Schas!“

Und noch etwas ist mir aufgefallen: Elternkummer erzeugt Geschwisterliebe! Es ist ja wirklich sagenhaft: Solange bei uns daheim alles halbwegs in Ordnung war, sind mir meine Brüder, sowohl der kleine als auch der große, unheimlich auf die Nerven gegangen, und in vielen stillen Stunden habe ich davon geträumt, ein Einzelkind zu sein. Und in vielen lauten Stunden habe ich geschworen, die beiden demnächst eigenhändig zu erwürgen! Seit die ganze Familienscheiße so richtig am Dampfen ist, habe ich die beiden nur mehr lieb. Wir sind eine richtige Kummer-Genossenschaft geworden.

Geld ist blöd

Ani erzählt:

Meiner Schwester habe ich immer vorgehalten, daß sie eine rosarote Brille auf der Nase habe, welche es abzulegen gelte. Aber ich selbst bin anscheinend ebenso realitätsfern. Genauer gesagt: Mein Hirn scheint zwei Etagen zu haben. Ein Parterre und einen ersten Stock! Im ersten Stock von meinem Hirn war alles klar, seit der Papa mit dem Koffer weg ist. Vater ausgezogen, liebt Wilma-Fisch, Mama wird demnächst Scheidung beantragen!

Doch im Parterre von meinem Hirn hat es immer noch geflüstert: Muß ja nicht sein, könnte der Papa ja auch Krach mit der Wilma bekommen, könnte sich der Papa ja auch sagen, daß ihm ein Leben mit seinen Kindern mehr wert ist, als alles andere! Und daß er die Mama in Wirklichkeit immer noch lieb hat!

Jeden Tag, wenn ich von der Schule heimgekommen bin, habe ich unauffällig die Schranktüren im Vorzimmer geöffnet und nachgeschaut, ob die Klamotten vom Papa noch da sind. Und war beruhigt über die lange Latte von hängenden Hosen und Jacken und die Zweierreihe von Schuhpaaren darunter. Sogar der Spechtelmeier aus meiner Klasse war mir ein Trost. Der hat einmal in einer Pause erzählt, daß sein Vater dreimal im Jahr von daheim abhaut und nach ein paar Wochen immer wieder heimkommt.

Was weiß man schon von Erwachsenen, hat mein Hirn-

Parterre geraunt, Erwachsene verhalten sich seltsam und unergründlich! Der Karli habe ich von meinen Parterre-Hoffnungen natürlich nichts erzählt. Was ich rede, kommt immer aus dem ersten Stock von meinem Hirn.

Doch dann kamen die Karli und ich eines Tages zu Mittag von der Schule heim. Die Karli machte mir vor unserer Haustür vor, wie sich der Wuzi – sie küßend – den linken Fuß verstaucht hat.

Der Wuzi und die Karli haben nämlich seit geraumer Zeit ihre Freundschaft in eine Liebesbeziehung umgewandelt. Was sie durch unentwegtes Bussigeben kundtun.

Das mit dem verstauchten Fuß war so: Wuzi küßt Karli zum Abschied vor unserer Haustür auf der Steinstufe, steht dabei am äußersten Rand der Stufe. Das Ungestüm meines Fräulein Schwester bringt ihn ins Wanken, er kippt von der Stufe, die Karli kippt mit ihm, und das Gesamtgewicht meiner Schwester, die ja wahrlich keine Flaumfeder ist, landet auf seinem linken Knöchel.

Und während mir meine Schwester vor der Haustür diese hübsche Unfallszene vorspielt, geht die Haustür auf. Die Mama steht da. Eingekleidet wie zum Begräbnis eines entfernten Verwandten. Mama zu Mittag daheim, das haben wir sonst nie. Und dazu noch in dieser Einkleidung!

Da hat der erste Stock von meinem Hirn zum Parterre gesagt: Na, siehst es jetzt ein, daß Mama-Papa-Versöhnung hierorts nicht gespielt wird! Die Frau war sich nämlich gerade scheiden lassen!

Und das Parterre hat dem ersten Stock nur mehr zunicken können.

Die Mama hat ein üppiges, kaltes Mittagessen gerichtet gehabt. In der Küche. Auf dem Weg dorthin habe ich der Karli mitgeteilt, was der Oberstock meines Hirns erkannt hat. Und die Karli ist über die Mama hergefallen. Verbal natürlich nur. Furchtbar aufgeregt hat sie sich, daß wir erst hinterher von der Scheidung erfahren. Sichtlich hatte sich meine Schwester eingebildet, daß wir – oder wenigstens sie – zur Scheidung beigezogen werden. Keine Ahnung, was sie dort hätte aussagen wollen!

Vielleicht: Werter Herr Richter, scheiden Sie das Ehepaar Poppelbauer nicht, denn wir Kinder sind dagegen. Und wir sind drei Stück. Also steht es 3:2 gegen Scheidung.

Jedenfalls hat die Mama der Karli erklärt, daß Kinder bei Scheidungen vom Gericht nur befragt werden, wenn es um das Sorgerecht für die Kinder geht, und daß ihr der Papa dieses „klarerweise" überlassen habe.

Worauf sich die Karli noch mehr aufgeregt hat. Ob wir der Arsch der Welt sind, daß man so einfach über uns bestimmt, hat sie getobt. Und wieso wir überhaupt mitgeschieden werden können?

Recht hat die Karli ja. Wir haben uns mit dem Papa eigentlich immer gut vertragen. OK, viel zu wenig Zeit hat er für uns gehabt. Aber viel zu wenig Zeit hat auch die Mama für uns! Und wenn der Papa daheim war, war er schon in Ordnung. Gegen das, was andere Kinder an Vätern haben, sowieso und überhaupt! (Zumindestens, seit er futsch ist, kommt mir das so vor.)

Die Mama hat aber gar nicht richtig hingehört auf das, was ihr die Karli vorgehalten hat. Sie hat bloß gejammert, daß wir sie fragen sollen, wie es ihr geht. Womit sie wohl andeuten wollte, daß es ihr auch hundsmiserabel geht. Aber ich finde – sowohl im ersten Stock als auch im Parterre meines Hirns –, daß das ein bißchen zuviel von uns verlangt ist! Die Alten tun, was sie wollen, und der Nachwuchs soll vor Mitleid mit ihnen zerfließen!

Unsere Oma hat einen Kreislaufkollaps bekommen. Jetzt geht es ihr schon wieder besser, aber heute in der Früh war es so schlimm, daß sie von der Rettung ins Krankenhaus gebracht worden ist. Wie man sie auf der Bahre aus der Wohnung getragen hat, hat sie ihrer Nachbarin gesagt, man müsse die Mama verständigen. Doch die blöde Nachbarin hat das vergessen. Und so hat die Mama keine Ahnung gehabt, daß die Oma im Krankenhaus ist, und daß der Speedi, wenn er um zwölf Uhr aus der Schule kommt, keine Oma vor dem Schultor finden wird.

Wahrscheinlich hat die Oma ohnehin den Kollaps bekommen, weil ihr das tagtägliche Hin-und-Herfahren, das Speedi-Holen und Speedi-Heimbringen, zuviel geworden ist. Aber wer sollte denn den Speedi hüten? Unsere Hoffnung, daß die Theresa-Charlotta, wenn sie aus den USA zurückkommt, ihren Nachmittagspart im Wolladen wieder übernimmt, hat sich nicht erfüllt. Der Co ist jetzt verliebt in einen Gastwirt. Bei dem hilft sie in der Küche Schnitzel panieren und Salat machen. Wolle, hat sie zur Mama gesagt, hängt ihr zum Hals heraus, die kann sie nimmer sehen!

Aber die Mama will das Geschäft behalten. Zuerst den Ehemann verlieren und gleich danach den Laden, das würde sie nicht packen! Also muß sie vom Morgen bis zum Abend im Geschäft sein. Und so wie das Geschäft geht, kann sie keine Verkäuferin anstellen. Und die Großmutter ist ja jetzt – gottlob – auch von uns geschieden. Und die Karli und ich, wir haben ja viel länger Schule als der Speedi. Um stundenlang allein daheim zu sein, ist er angeblich noch zu klein. Eigentlich nicht nur angeblich, wir haben das schon ausprobiert. Es ist wirklich nicht ratsam, den Zwerg allein im Haus zu lassen. Er dreht eine E-Herd-Platte auf und vergißt aufs Abschalten. Er will sich einen Buntstift kaufen gehen, verläßt das Haus, schlägt hinter sich die Tür zu und kommt drauf, daß er den Schlüssel nicht eingesteckt hat. Oder er lädt sich am Heimweg von der Schule vier fremde Kinder ein, und die haben dann, wenn die Karli und ich heimkommen, das ganze Haus auf den Kopf gestellt, und wir können vier Stunden aufräumen, und hinterher sind etliche Spielsachen vom Speedi weg und der Zwanziger von meinem Schreibtisch auch! Ein paarmal war der Speedi am Nachmittag auch schon bei der Mama im Geschäft. Doch dort kann er ja bloß auf dem Drehstockerl sitzen und strikken lernen!

Der Speedi hat also heute zu Mittag vor der Schule keine „Abholperson“ vorgefunden. Für diesen Fall hat ihm die Mama aufgetragen, eine Viertelstunde zu warten und dann, falls noch immer niemand kommt, die Mama anzurufen. Dafür hat er, in einem Plastik-Etui, immer zwei Extra-Schillinge im Hosensack. Der Speedi hat brav gewartet, dann wollte er telefonieren. Aber das Telefonhüttel bei der Schule war „außer Betrieb“. Das nächste öffentliche Telefon ist ziemlich weit weg. Unten bei der Post. Der Weg zum Postamt ist von der Schule aus genauso weit wie der Weg zu uns nach Hause. So hat der Speedi beschlossen, heimzugehen und die Mama anzurufen. Und sich dabei den Telefonschilling zu sparen.

Er ist heimgegangen, wollte die Haustür aufsperren und hat gesehen, daß die Haustür bloß angelehnt ist. Er hat gemeint, einer von uns sei verfrüht heimgekommen. Er ist ins Haus hinein und hat nach uns gerufen. Antwort hat er keine bekommen. Da hat er Angst gekriegt. Ein Einbrecher, hat er sich gedacht, muß im Haus sein. Ich, an seiner Stelle, ich wäre ja garantiert hurtig wieder aus dem Haus raus und zu den Nachbarn rein, um mit denen die Sachlage zu besprechen. Aber der Zwerg ist anscheinend unvernünftig mutig. Er ist weiter ins Haus vorgedrungen. Dann hat er gesehen, daß die Wohnzimmertür zum Garten hin offen steht. Und daß der Papa und ein Ehepaar im Garten draußen sind. Zuerst einmal war er erleichtert, doch dann hat er den Papa zu dem Ehepaar sagen gehört: „Also Sanatorium, das sage ich Ihnen gleich, ist das hier keines. Hier leben Familien und erzeugen halt den familienüblichen Krach!" (Das hat der Papa gesagt, weil man aus dem Nachbarhaus Musik herüber gehört hat und das Ehepaar die Musik als zu laut empfunden hat.)

Der Speedi hat sich nicht erklären können, warum der Papa dem Ehepaar unseren Garten zeigt, und so ist er im Wohnzimmer drinnen geblieben und hat weiter zugehört. Der kleine Knirps hat auch schon kapiert, daß man durch „Spionage" klüger wird als durch offenes Fragen.

Als der Papa dann mit dem Ehepaar wieder ins Wohnzimmer gekommen ist, hat sich der Speedi in sein Zimmer zurückgezogen und weiter gelauscht. Er hat erfahren, daß der Papa dem Ehepaar unser Haus verkaufen will. Das hat ihn so fix und fertig gemacht, daß er vergessen hat, die Mama anzurufen. Er hat sich auf sein Bett gelegt und geheult. Und der Papa ist mit dem Ehepaar weggegangen, ohne zu bemerken, daß der Speedi im Haus ist.

Irgendwann hat er dann zu heulen aufgehört und auf die Uhr geschaut und gesehen, daß die Karli und ich eigentlich schon von der Schule daheim sein müßten. Aber wir sind noch mit dem Wuzi in der Konditorei gewesen. Der Wuzi und ich, wir haben der Karli gut zureden wollen. Die Karli nämlich, die läßt – schulmäßig – alle viere gerade sein. Sie lernt überhaupt nichts mehr und ist felsenfest davon überzeugt, daß sie sowieso und überhaupt sitzenbleiben wird und alles Lernen für den Hugo ist. Ich habe ihr zu erklären versucht, daß gerade Schüler wie sie, die so ungern in die Schule gehen, sich die Sache nicht freiwillig um ein Jahr verlängern sollten. Aber da ist anscheinend jegliches Zureden sinnlos! Sie ist zu wie eine Auster. So haben wir die Konditorei-Sitzung abgebrochen. Der Wuzi hat uns heimbegleitet. Eilig hatten wir es ja nicht, weil wir ja dachten, der Speedi sei bei der Oma. Ein paar Ecken vor unserem Haus waren wir, da ist uns der Speedi entgegengekommen. Völlig aufgelöst und fast sprechunfähig. Ziemlich lange haben wir gebraucht, bis wir kapiert haben, was er uns da erzählen will. Die Karli hat gemeint, der Speedi reime sich da irgendeinen Blödsinn zusammen. Ich hätte es auch gern gemeint, doch der Speedi hat sich schön langsam beruhigt und uns genau und im Detail erzählt, was der Papa mit dem Ehepaar gesprochen hat, und das war eindeutig!

Wenn der Mann vom Ehepaar verkündet hat: „Bis nächsten Montag werden wir uns entscheiden, ob wir das Haus kaufen“, und wenn die Frau vom Ehepaar verkündet hat: „Die Hälfte könnten wir gleich zahlen, für den Rest müßten wir uns um einen Kredit bemühen“, dann muß es wohl um Hausverkauf gehen. Und ist ja nicht anzunehmen, daß gerade in unserem Haus über den Verkauf eines anderen Hauses geredet wird! Als uns das klar war, sind wir zur Mama ins Geschäft gefahren. Wir naiven Deppen haben geglaubt, die Mama habe keine Ahnung davon, daß der Papa unser Haus verkaufen will! War aber nicht so!

„Wir besprechen das heute abend“, hat sie zu uns gesagt. Die Karli ist nicht bereit gewesen, so lange zu warten. „Wir lassen uns nicht auch noch unser Haus wegnehmen“, hat sie gesagt. Und: „Wir wollen jetzt gleich Bescheid wissen!“

Die Mama wollte uns abschasseln. Weil eine Kundin im Geschäft war. Vor der könne sie das nicht bereden, hat sie gesagt. Und die Karli hat gesagt, ihr ist es scheißegal, ob da wer zuhört. Und ich habe gesagt, wir gehen nicht weg, bevor wir uns auskennen. Die Mama wollte uns beruhigen. Es sei sowieso und überhaupt noch alles in der Schwebe. Und verkauft sei im Moment noch gar nichts! Wir haben trotzdem nicht locker gelassen, und da hat uns die Mama einen Ordner gegeben. Wenn wir uns informieren wollen, hat sie gesagt, finden wir da drinnen alles, was es über das Haus und die „Haus-Finanzen“ zu wissen gibt.

In dem Ordner waren allerhand Rechnungen und Wische von Banken und anderer Bürokratiekram. Aber es waren da auch ein paar Blatt Papier, von der Mama geschrieben, wie es um unser Haus steht. Und um unsere Finanzen überhaupt! So auf die Schnelle haben die Karli und ich diese gequirlte Finanzkacke nicht verstanden. Die Karli hat den Ordner unter einen Arm genommen, und wir sind mit dem Speedi nach Hause gefahren. Ich habe den Wuzi angerufen und ihn herbestellt. Damit er mit mir den Ordner sichtet. Die Karli war dazu nicht zu gebrauchen. Sie ist in Trübsinn versunken. Was soll sie sich den blöden Zahlenkram näher anschauen, hat sie gesagt, ändern kann sie ohnehin nichts. Daß auch ich nichts ändern kann, war mir klar. Aber wenn ich mich schon aufrege, daß mich der Papa und die Mama immer blöd sterben lassen und mich über nichts informieren, dann habe ich ja wohl die Pflicht, mich zu informieren, wenn mir das einmal gestattet wird.

Der gute, brave Wuzi ist angehumpelt. Er hat ja noch immer einen Bandagenfuß, vom Stufenkußunfall her. Wir haben uns in den Garten gesetzt und den Ordner durchstudiert. Also: Da ist ein großer Kredit fürs Haus, und da sind zwei kleine Kredite fürs Haus. Und was im Monat von den Krediten wirklich abgezahlt wird, ist ziemlich wenig. In der Hauptsache werden da Kreditzinsen gezahlt, und was man der Bank schuldig ist, wird nur minimal weniger. Und dann muß man noch Betriebskosten fürs Haus bezahlen und Strom und Gas und Heizöl. Und ihr Auto hat die Mama auch noch nicht ausgezahlt. Da sind auch jeden Monat Raten fällig. Und dann ist da noch ein Kredit für den Wolladen. Und die Miete und die Heizung dort. Und jede Menge offener Wollrechnungen. Und das Dach unseres Hauses ist reparaturbedürftig. Totale Geldscheiße also!

Nicht einmal mein Hirn-Parterre hat da eine Chance gesehen!

Und dann habe ich einen riesigen Unsinn gemacht. Die Karli ist mit Cola und Gläsern zum Wuzi und mir in den Garten gekommen, und da ist mir eingefallen, daß wir im Eisschrank noch eine Flasche Champagner haben. Die habe ich geholt. Der kluge Wuzi war ohnehin dagegen, doch ich war der Ansicht, daß wir eine Negativ-Fete abhalten müssen. Die Champagnerflasche hat der Papa einmal heimgebracht, vor zwei Jahren schon, als er sich wieder einmal mit der Mama versöhnen wollte. Er hat die Flasche eingekühlt, doch während der Champagner kalt geworden ist, haben der Papa und die Mama schon wieder zu streiten begonnen, und so ist die Flasche im Eisschrank geblieben. Ich dachte, der Champagner würde uns guttun. Man hört ja immer, daß so ein Prickelwasser die Laune enorm hebt!

Stimmt aber nicht! Wenigstens nicht, soweit ich es an meiner Schwester beobachten konnte. Es scheint so zu sein, daß Champagner ein Launenverstärker ist. Lustige Leute werden von ihm lustiger, traurige Leute trauriger. Und die Karli war ohnehin schon traurig genug, nachdem sie kapiert hatte, daß wir das Haus in unseren neuen Familienumständen nicht mehr „halten“ können. Mit den Alimenten, die wir bekommen, und dem bißchen Geld, das die Mama „in Wolle macht“, kann man sich kein Einfamilienhaus leisten. Und daß uns der Papa keine höheren Alimente zahlt, ist klar.

Das hat nichts mit Geiz zu tun. Geizig ist der Papa nie gewesen. Aber er braucht ja jetzt auch eine Wohnung und Möbel und alles, was man so „Hausstand“ nennt. Für zwei Saus-und-Braus-Haushalte verdient er nicht genug Geld.

Dem Wuzi und mir hat das Prickelwasser nicht sehr gemundet, wir haben kaum davon genippt. Doch die Karli hat reichlich gesüffelt und richtige Schnapsideen (eigentlich Champagnerideen) entwickelt. Sie wollte von unserem Haus ein Fünftel abmauern und dieses Fünftel dem Papa überlassen. Das, hat sie gemeint, wäre eine gerechte und kostensparende Lösung. Ob sie dabei daran gedacht hat, daß dann in diesem Fünftel wahrscheinlich auch der Wilma-Fisch herumschwimmen würde, weiß ich nicht. Danach fragen habe ich sie auch nicht mehr können, denn sie hat hurtigst die ganze Flasche Champagner ausgetrunken und davon das heulende Elend bekommen. Mehr als unverständliches Geschluchze war aus ihr nicht rauszubekommen. Ich habe sie mit dem Wuzi vom Garten ins Haus geschleppt und in ihr Bett gelegt. Da lagert sie nun und schnarcht sich eins.

Wie die Mama am Abend heimgekommen ist, hat sie die leere Flasche gesehen und hat natürlich gemerkt, daß die Karli nicht krank, sondern betrunken ist. Sie hat geseufzt und gesagt: „O Gott, jetzt fangt bloß nicht an, mir auch noch Probleme zu machen!“

Wir? Ihr! So kann man es natürlich auch sehen! Mich hat das so geärgert, daß ich sie angefaucht habe: „Entschuldigung, daß ich auf der Welt bin!“

Hat sie darauf gesagt, dafür brauche ich mich nicht zu entschuldigen, darüber sei sie nämlich sehr froh, weil sie mich schrecklich liebhabe und mich nicht missen möchte. Und ich solle Geduld mit ihr haben.

Habe ich drauf gesagt: „Ich habe Geduld mit dir, seit ich auf der Welt bin, aber schön langsam geht sie mir aus!“

Nachher hat mir das dann leid getan. Ich bin zur Mama in ihr Zimmer hinein. „Tut mir echt leid“, habe ich ihr gesagt. Und sie hat gesagt, daß sie versteht, wenn Kinder auf Eltern, die so sind wie die unseren, sauer sind. Ich bin aber ohnehin nicht mehr sauer auf die Mama. Wenn man sie in ihrem Zimmer hocken sieht, umgeben von blöden Strickteilen, die sie zusammensetzt, damit sie sich zusätzlich Geld verdient, dann tut sie einem nur noch leid. Vom Aufstehen bis zum Schlafengehen arbeitet sie bloß. Leben ist das wirklich keines!

Die Mama hat eine Wohnung für uns gemietet. Im Haus, in dem ihr Wollgeschäft ist. Sie findet, daß diese Wohnung ein „Haupttreffer“ ist. Weil die Miete erschwinglich ist, und weil sie bloß die Treppe runterlaufen muß und im Geschäft ist. Und der Speedi, sagt sie, kann jetzt am Nachmittag allein in der neuen Wohnung sein. Sie ist ja immer in der Nähe, wenn er Hilfe braucht.

Mich hat dieser „Haupttreffer“ wahrlich getroffen. Meinen Lebensnerv hat er getroffen. Die Wohnung hat nämlich bloß zwei kleine und ein großes Zimmer. Das eine kleine Zimmer beansprucht die Mama, das andere kleine Zimmer beansprucht die Karli. Ich und der Speedi sollen zusammen das große Zimmer nehmen.

Ich und der Speedi in einem Zimmer, das stehe ich nicht

durch! Ich bin echt und ehrlich, sowieso und überhaupt kein Knabe mit Ansprüchen. Ich bin bereit, meine Nahrung auf trockenes Brot und Magermilch zu reduzieren und meine Klamotten im Second-hand-Laden zu beziehen. Auf alles kann ich verzichten, sogar auf den Kauf von Büchern, denn es gibt ja Büchereien, wo man borgen kann. Aber auf ein eigenes Zimmer, in dem ich mit mir allein sein kann, bestehe ich! Ich will lesen und meine Ruhe haben und meine Tür vor unserem Haus-Quälgeist versperren können. Ich will nicht dauernd hören: „Warum hat eigentlich ein Tag vierundzwanzig Stunden?“ Und: „Wieso will die Karli nicht, daß ihr der Wuzi an den Busen greift?“ Oder: „Ani, spiel doch was mit mir, mir ist so langweilig!“

Aber selbst, wenn ich ihm den Mund mit Leukoplast verkleben würde, täte das nicht viel nützen. Der Zwerg lebt mir einfach zu heftig. Nie sitzt oder liegt er still, solange er nicht schläft. Er hopst und kugelt, wackelt und schlägt Purzelbäume, schupft Bällchen und übt den Kopfstand. Und in der Nacht schnarcht er, weil er Polypen in der Nase hat!

Ich weiß genau, daß ich mit ihm nicht in einem Zimmer leben kann. Aber die Karli hat die Mama davon überzeugt, daß ihr der Speedi noch weniger zuzumuten ist. Und dem Speedi, hat sie gesagt, sei es auch nicht zuzumuten. Seiner Psyche würde es schaden, wenn er unentwegt der Bussigeberei mit dem Wuzi zusehen müßte. Dazu hat sie noch das Argument vorgebracht, daß es in allen Familien, wo nicht für jedes Kind ein Zimmer zur Verfügung steht, üblich ist, nach Geschlechtern zu trennen. Wäre der Speedi ein Mädchen, hat sie gesagt, würde sie ihn zu sich ins Zimmer nehmen. Wäre der Speedi ein Mädchen, hätte sie sicher ein anderes Argument gegen ihn gefunden!

Die Mama kann den Speedi auch nicht in ihrem Zimmer brauchen, weil sie oft bis Mitternacht strickt und Fäden vernäht und Pullis bestickt. Da könnte der Speedi nicht einschlafen.

Ich sehe das alles ein. Aber warum gerade meine Argumente gegen den Speedi weniger zählen als die von der Mama und der Karli, das sehe ich nicht ein!

Ich weiß: Andere Familien haben noch viel kleinere Wohnungen. Die Putzfrau, die wir früher gehabt haben, hat mit Mann und zwei Kindern auf Zimmer-Küche gehaust. Da hat keiner ein eigenes Zimmer gehabt. Und dazu war der Mann von der Putzfrau noch Nachtportier in einem Hotel und hat untertags schlafen müssen, und die zwei Kinder haben in der Küche hocken müssen und nur miteinander flüstern dürfen. Und ich sage mir ja auch dauernd vor: Jetzt sei kein elitärer Binkel und betrage dich nicht wie ein Luxusknabe! Und ich rede mir auch ein: Wer weiß, vielleicht ist das nur vorübergehend, vielleicht ziehen wir dann bald wieder um, weil die Mama eine größere Wohnung findet! Aber es nützt nichts. Kein bißchen nützt es!

Ich habe eine schlaflose Nacht hinter mir, in der ich einen Entschluß gefaßt habe. Ob ich diesen Entschluß in die Tat umsetzen kann, weiß ich noch nicht. Das kommt jetzt auf den Papa an! Er hat ja gesagt, daß er immer für uns da sein wird, wenn wir ihn brauchen und Probleme haben! Bin gespannt, ob er echt da sein wird! Um fünf Uhr werde ich vor seinem Büro auf ihn warten. Vorher anrufen werde ich ihn nicht! Damit er sich nicht auf mich vorbereiten kann. Ich möchte sehen, wie das, was ich ihm vorschlagen will, spontan auf ihn wirkt.

Gestern, punkt fünf Uhr, habe ich bei der Haustür vom Papa-Büro Stellung bezogen. Kaum war ich dort, ist der Wilma-Fisch im Auto angerollt, hat eingeparkt, ist ausgestiegen und hat, eine Zigarette rauchend, gewartet. Es war eine blöde Situation. Sie hat zu mir her geschielt, ich habe zu ihr hin geschielt. Ich wollte dann schon die Flucht ergreifen, weil ich mir gedacht habe: Im Beisein des Fisches kann ich dem Papa sowieso und überhaupt nicht sagen, was ich ihm sagen will.

Doch dann marschiert der Wilma-Fisch auf mich zu und fragt: „Du bist doch der Ani, oder nicht?"

Dann sagt sie: „Und ich bin die Wilma. Weißt doch eh, nicht? Und ist doch blöd, wenn wir so tun, als ob wir einander nicht kennen!"

Was bleibt mir schon anders übrig, als zu nicken! Und der Wilma-Fisch fährt fort: „Ich nehme an, du willst den Rainer abholen? Wennst allein mit ihm sein willst, hau ich ab. Macht mir nichts aus, ehrlich!"

Und dann plaudert sie drauflos, daß sie mit dem Papa Möbel anschauen wollte, weil sie jetzt zusammen eine leere Wohnung gemietet haben. Und daß sie das aber ruhig auf morgen verschieben kann. Daß es aber schön wäre, wenn ich zum Möbelkaufen mitgehen würde, weil der Papa ein

„Lahmarsch“ ist, der von Möbeln nichts versteht. Und sie könnte gut einen Berater brauchen!

Locker und duftig hat die Wilma dahingeplauscht. Ganz so, als wären wir alte Freunde, und als gäbe es keinen Grund, ihr gegenüber Abwehrhaltung einzunehmen. Ich habe die Abwehrhaltung trotzdem versucht, doch die Frau hat allerhand Charme. In den zehn Minuten, die wir noch auf den Papa gewartet haben, hat sie mich beinahe um ihren kleinen Finger gewickelt. Und dann habe ich mir gedacht: Das, was ich dem Papa zu sagen habe, betrifft ja nun wohl auch die Wilma eingermaßen, und da ist es sogar besser, ich sage es ihm vor ihr!

Der Papa hat sich „Kringel in die Brusthaare“ gefreut, als er aus dem Haus kam und sah, daß sein geliebter Sohn und seine ebenso geliebte Frau Freundin in friedlichem Gespräch beieinander stehen. Und zum Möbelkauf war er auch sofort bereit. Doch es war ja schon zehn Minuten nach fünf Uhr, also wären bis Ladenschluß bloß noch fünfzig Minuten geblieben. Ich meinte, das sei ein bißchen wenig Zeit zur sorgfältigen Wahl. Und bei dieser könnte ich ja morgen oder übermorgen der Wilma beistehen. Und da wäre es günstig, wenn ich vorher erst einmal die Wohnung besichtigte. Möbel sollen ja schließlich zu den Räumlichkeiten passen. Der Papa und der Wilma-Fisch sahen das ein. Also stiegen wir ins Auto der Wilma und fuhren zum neuen Wohnsitz vom Papa, welcher sich – wie man so sagt – in einer guten Gegend befindet.

Leere Wohnungen wirken immer wesentlich größer als mit Möbel vollgestopfte, aber auch wenn man diese optische Täuschung berücksichtigt: Die neue Wohnung vom Papa ist, flächenmäßig gesehen, eine üppige. Ich inspizierte sie, weniger auf Raumausstattung hin, weil ich davon sowieso und überhaupt nichts verstehe, sondern daraufhin, ob der Vorschlag, welchen ich dem Papa machen wollte, ein möglicher ist. War er! Der Wilma-Fisch, mich durch die Zimmer führend, öffnete nämlich, so ganz nebenbei, eine Tür und sagte: „Dieses Zimmer bleibt vorerst einmal unbenutzt. So viele Räume brauchen wir nicht! Werden wir's halt als Rumpelkammer nehmen!" Denkste, dachte ich und marschierte zum Papa, der sich auf dem Futon ausgestreckt hatte. Ich hockte mich zu ihm und sprach schlicht und geradlinig: „Papa, du hast ein Zimmer zu viel, und die Mama hat ein Zimmer zu wenig. Kann ich bei dir einziehen?"

Den Papa riß meine Frage aus der Waagrechten hoch. Er starrte mich völlig entsetzt an. Scheiße, dachte ich, der will mich nicht haben!

Doch dann sagte der Papa, und es klang ehrlich: „Ani, ich würde mich freuen, wenn du bei uns wohnen würdest!" Und der Wilma-Fisch, der hinter mir hergekommen war, sagte: „Ich auch, wirklich!"

„Aber deine Mutter", fuhr der Papa fort, „der wird das ganz und gar nicht recht sein. Die wird das einfach verbieten. Und sie hat schließlich das Sorgerecht für dich!"

„Das krieg ich schon hin", sagte ich.

„Das kriegst du nicht hin", sagte der Papa. „Ich kenne deine Mutter länger als du! Glaub mir! Da müßte ich erst einmal zu Gericht gehen und mit ihr um das Sorgerecht für dich streiten!"

„Dann tu's", sagte ich.

Der Papa kratzte sich am Kopf und seufzte. Sehr willig, wegen mir vor Gericht zu streiten, wirkte er nicht.

„Also, Rainer", sagte die Wilma zum Papa. „Wenn der Ani meint, daß er das bei seiner Mutter durchsetzen kann, dann laß ihn das probieren. Was mußt du da gleich pessimistisch herumunken! Und überhaupt! Man kann das doch diplomatischer machen. Niemand kann dir verwehren, deinem Sohn in unserer Wohnung ein Zimmer einzurichten. Wann und wie oft er in diesem Zimmer sein wird, das wird sich dann schon noch herausstellen!"

So gesehen, hat der Papa gesagt, ließe sich die Sache wohl angehen. Ich war dagegen! Ich will dieses Zimmer schließlich, um meine Ruhe und meinen Frieden zu haben. Um mich am Abend ungestört in den Schlaf lesen zu können. Oder um Mitternacht, wenn mir einmal gerade danach ist, ein Ein-Mann-Festessen mit Müsli und Instant-Kakao zu veranstalten. Ich habe nichts davon, einmal da und einmal dort zu nächtigen. Ich brauche meinen festen Platz.

Die Wilma hat gesagt: „Wäre ja bloß für den Anfang. Damit sich deine Mutter schön langsam an dein Wegsein gewöhnen kann."

Ich denke nicht daran, einen schleichenden Wohnsitzwechsel vorzunehmen. Das ist mir zu anstrengend und mühsam. Und warum soll gerade ich Rücksicht auf die Gefühle meiner Frau Mutter nehmen? Hat sie Rücksicht auf meine Gefühle genommen bei der Zimmeraufteilung? Hat sie nicht! OK, sie konnte nicht anders! Verstehe ich! Und ich kann eben auch nicht anders! OK? Muß sie auch verstehen!

Dem Papa war anzusehen, daß er sich nicht wohl in seiner Haut fühlt, als er mich heimgefahren hat. Vor unserem Haus, bevor ich ausgestiegen bin, habe ich zu ihm gesagt: „Also, ich regle alles. Du brauchst nichts anderes zu tun, als mir die Tür zu öffnen, wenn ich mit Sack und Pack davor stehe!"

Wann ich der Mama beibringen werde, daß ich mit ihr nicht in die neue Wohnung ziehen werde, überlege ich noch. Im Moment ist es ja nicht dringend. Wir wohnen ja noch daheim. Die neue Wohnung ist noch gar nicht fertig. Da muß noch ausgemalt und gestrichen werden. Und Steckdosen und Schalter werden auch noch verlegt. Am klügsten wird es wohl sein, ich erkläre der Mama alles im allerletzten Augenblick. Damit sie vorher nicht lange mit dem Papa herumstreiten kann. Könnte leicht sein, daß der Papa dann einen Rückzieher macht! Oder daß sie irgendwelche „Gegenmaßnahmen" ergreift! Weiß zwar nicht, welche die sein könnten, aber Vorsicht ist angebracht. Und vor diesem Gespräch graust mir sowieso und überhaupt, also liegt Aufschieben ohnehin nahe.

Cool zu bleiben, wenn man von dort weg muß, wo man sein Leben lang gewohnt hat, ist nicht leicht. Davor bewahrt, in bodenlose Sentimentalität zu versinken, hat mich einzig und allein die drohende Aussprache mit der Mama. Unser Haus war fast schon „besenrein" ausgeräumt, da habe ich endlich zur Mama gesagt: „Du, ich muß mit dir reden!"

Sie hat mich gefragt, um was es geht, und dabei dem Speedi geholfen, einen Sack mit Spielzeugkram zuzubinden.

Obwohl ich mir vorher genau überlegt hatte, was ich ihr sage, und wie ich es ihr sage, habe ich plötzlich keinen Ton herausgebracht. Meine Stimme war weg.

Hat sie gesagt: „Wenn es wieder wegen dem Zimmer sein sollte, da ist nichts zu machen!“ Und: „Vielleicht, in ein, zwei Jahren, wenn das Geschäft besser geht!“

Wenn das Geschäft besser geht! Das ist ja lächerlich! Der Saftladen kränkelt seit seiner Geburt dahin, und sollte er in ein, zwei Jahren nicht gestorben sein, wäre es ein Wunder! Vor lauter Ärger über diese leere Versprechung habe ich meine Stimme wiedergewonnen und gesagt, daß ich zum Papa ziehen werde. Und daß das auch der Wilma recht ist. Und daß ich von der Papa-Wohnung auch einen kürzeren Weg zur Schule habe (was aber in Wirklichkeit kein Motiv für mich ist).

Ob das mein Ernst ist, hat mich die Mama gefragt und sich auf den riesigen Plastiksack mit dem Speedi-Spielzeug gesetzt. Ihr Gewicht hat die Sackhöhe auf die Hälfte reduziert. Der Sack ist aufgeplatzt, und allerhand Spielkram ist herausgefallen. Breitgedrückt und schiefgesessen! Der Speedi hat zu heulen und zu schreien angefangen, daß die „blöde Mama“ seine „liebsten Sachen“ kaputtgemacht hat. Die Mama hat ihren Ruheplatz verlassen, hat das Telefon gepackt und ist damit in die Küche hinein. Vor lauter Aufregung hat sie sich mit den Beinen in der langen Telefonschnur verheddert und wäre fast hingefallen. Aber sie hat sich wieder hochgerappelt. Dann hat sie die Küchentür hinter sich zugeknallt. Aber so lautstark, wie sie dann mit dem Papa am Telefon herumgebrüllt hat, hätte man das auch durch fünf geschlossene Türen leicht hören können. Und der Speedi hat sowieso und überhaupt nichts kapiert und wieder losgebrüllt, daß wir alle blöd seien.

Ich habe wirklich nicht den Nerv gehabt, ihm die Sache zu erklären. Ich habe meine vorsorglich gepackte Reisetasche genommen und bin abmarschiert. Die Karli hat mich bis zur Straßenbahnhaltestelle begleitet. Für sie war mein Entschluß nicht Neues. Den hatte ich schon seit Tagen mit ihr besprochen. Aber sie ist immer der Ansicht gewesen, daß die Mama das nicht erlauben wird. Und dabei ist sie geblieben. Bei der Straßenbahnhaltestelle noch hat sie zu mir gesagt: „Die Mama wird wie eine Löwin um dich kämpfen. Wetten, daß du längstens übermorgen wieder bei uns bist?"

„Mit dir wette ich nicht", habe ich geantwortet. „Weil du nämlich verlorene Wetten sowieso nicht bezahlst!"

Dann ist die Straßenbahn gekommen, und ich bin eingestiegen. Die Karli ist bei der Straßenbahnhaltestelle stehengeblieben und hat mir nachgewunken.

Übrigens wollte sie mir zum Abschied einen Kuß auf die Wange geben. Was ihr nicht gelang, weil ich meinen Kopf hurtig wegzuckte. Erstens stehen die Karli und ich überhaupt nicht auf „Kußfuß" miteinander, und zweitens soll sie jetzt nicht so tun! Zuerst ihren Anspruch auf ein eigenes Zimmer gegen mich durchsetzen und dann glupschäugig Abschiedsschmerz spielen!

Wenn ihr soviel dran liegt, mich bei der Truppe zu haben, hätte sie ja den Speedi zu sich ins Zimmer nehmen können! Und vielleicht außer Haus mit dem Wuzi schmusen!

Aber Schwamm und Seife drüber! Schwesternliebe hat eben ihre eigenen Dimensionen.

Mein neues Leben läuft ganz gut an und scheint nicht übel zu werden. Ich habe alles, was ich brauche, und jede Menge Freiheit dazu. Die Wilma bringt mich am Morgen im Auto zur Schule. Das Büro, in dem sie arbeitet, ist bloß ein paar Straßen von unserer Schule entfernt. Aber trotzdem ist es sehr nett von ihr, denn eigentlich müßte sie erst um halb neun im Büro sein. Wegen mir hat sie den Arbeitsbeginn um eine halbe Stunde vorverlegt. Und macht überhaupt kein Geschrei drum! Hat bloß gesagt: „Bin ich eben eine halbe Stunde früher wieder frei, ist auch nicht übel!"

Den ganzen Nachmittag ist es totenstill in der Wohnung. Kein Grein-Speedi, keine Musik aus dem Karli-Zimmer. Ein Supergefühl! Und an den drei Tagen, die ich jetzt hier bin, waren wir jeden Abend bei einem anderen Italiener essen. Und keine Mama taucht um Mitternacht, wie der Kuckuck aus der Uhr, in meiner Zimmertür auf und spricht: „Ani, jetzt hör aber sofort zu lesen auf, bist ja sonst in der Früh nicht ausgeschlafen!"

Heute am Morgen, als ich vor der Schule aus dem Auto stieg, stand der Pauli da und glotzte sich die Augen aus dem Kopf nach der Wilma.

„Wer war denn das?" fragte er mich. „Doch nicht deine Mama, oder?"

„Bloß eine Freundin", antwortete ich. Weil ich wirklich keine Lust habe, mein verändertes Leben in der Schule breitzutreten.

„Deine Freundin?“ hat er gestammelt und war piff-paff. So ein Blödmann! So hatte ich es doch nicht gemeint! Wie kann er mir eine Freundin zutrauen? Und dazu noch so eine? OK! Die Wilma ist erst achtundzwanzig und schaut jünger aus. Für zweiundzwanzig, dreiundzwanzig könnte man sie leicht halten. Und durch die Windschutzscheibe eventuell sogar für zwanzig! Aber trotzdem ist's der helle Wahnsinn! In der großen Pause hat der Pauli mit ein paar anderen herumgetuschelt. Die anderen haben die Köpfe geschüttelt, die haben ihm das wohl auch nicht abgenommen.

Dann hat er so laut, daß ich es hören konnte, gesagt: „Aber ich habe es doch mit eigenen Augen gesehen! Eine tolle Schnitte war das!“

Der Blödmann wird morgen in der Früh noch etwas viel Tolleres mit eigenen Augen sehen! Ich werde die Wilma zum Abschied mit einem zarten Küßchen belegen! Dann hat er wieder etwas zum Tuscheln!

Nach der Schule war ich mit dem Wuzi und der Karli in der Konditorei. Die Mama hat nämlich ein Kaffeehaustreffen mit dem Papa gehabt, und der Papa hat mir hinterher nur erzählt, daß die Mama „bis auf weiteres“ mit meinem momentanen Wohnsitz einverstanden sei. Mehr wollte er mir nicht sagen, obwohl ich ihn gelöchert habe. So wollte ich von der Karli erfahren, wie das Papa-Mama-Gespräch im Detail gewesen ist, denn die Mama – habe ich gedacht – wird der Karli wohl davon erzählt haben. Die Karli war jedoch so randvoll mit eigenen Problemen, die ohne Punkt und Komma aus ihr herausgequollen sind, daß ich gar nicht zum Nachfragen kam. Dem armen Schwein geht es wirklich saumiserabel. Erstens ist schon klar, daß sie entweder sitzenbleiben oder zwei Nachprüfungen bekommen wird, was bei ihr aufs gleiche rausläuft, denn zwei Nachprüfungen im Herbst schafft sie nie!

Meine Schwester hat einfach keinen Lernkopf. Ohne mich aufzupudeln: Sie ist ungebildeter als ich, der ich drei Klassen unter ihr bin.

Zweitens muß sie jeden Morgen den Speedi mit zur Schule nehmen und mit dem raunzigen Buckelschultaschen-Zwerg die lange Straßenbahnfahrt durchstehen.

Drittens muß sie am Abend jetzt auch oft auf den Speedi aufpassen, wobei ihr allerdings der Wuzi beisteht. Die Mama geht nämlich am Abend weg. Mit einem Dr. Zwickleder, von dem man nicht weiß, ob er Zwick-Leder oder Zwickl-Eder ausgesprochen wird. Der ist der Steuerberater der Mama, aber die Karli meint, so ein flauer Geschäftsgang, wie der von der Mama, müsse nicht dreimal die Woche durchgesprochen werden, da gehe es um rein private Angelegenheiten. Und gegen die ist die Karli. Nicht im Prinzip, aber der Zwickleder paßt ihr nicht.

Und viertens ist die Mama, wenn sie daheim ist, unentwegt trüb und triste. Und zum Einschlafen nimmt sie immer zwei Pillen. Sonst lassen sie die Sorgen um den Wolladen keine Ruhe finden. Der Co, hat die Karli gesagt, der will von der Wolle nichts mehr wissen und das Geld zurück, das er ins Geschäft eingebracht hat. Und der Vertrag, den die Mama mit dem Co gemacht hat, der ist so, daß der Co das einfach so verlangen kann!

Rundherum beschissen eben! Aber das ist noch längst kein Grund, daß mich die Karli gehässig anschaut und zu mir sagt: „Na, du hast einen guten Riecher gehabt und dich rechtzeitig verdrückt!"

Das ist ja wohl der Gipfel vom Gebirge! Man vertreibt mich durch Ignoranz meiner primitivsten Bedürfnisse und behauptet nachher, ich habe es mir in selbstsüchtiger Absicht „gerichtet"!

Dabei bin ich in Wirklichkeit ein Plus-Finanzposten im Haushalt der Mama, denn der Papa wird der Mama weiterhin genausoviel Geld überweisen wie bei der Scheidung ausgemacht; und ins Ausgemachte hat mich der Richter ja einberechnet! Ich möchte bloß wissen, ob die Mama von mir auch so denkt wie die Karli. Seit meinem Abmarsch aus unserem „besenreinen" Haus habe ich sie nicht mehr gesehen.

Gestern wollte ich sie im Wollgeschäft besuchen. Die Wilma hat nämlich gemeint, ich dürfe mich vor der Mama nicht drücken. Die Mama, hat sie zu mir gesagt, habe ein schweres Leben. Und daß sie eine liebe, einsichtige Frau ist, das merke man ja schon daran, daß sie mich nicht mit Gewalt zurückgeholt habe. Das hätte sie können, meint die Wilma. Und sie habe es deswegen nicht getan, weil sie mich lieb habe.

Apropos liebhaben! Gar so honigmonden und siebenhimmelblau und geigenbehängt ist die Liebe zwischen dem Papa und der Wilma auch nicht. Im Laufe der Woche, die ich jetzt hier logiere, habe ich es schon mehrmals kriseln gespürt und zweimal leicht krachen! Die Wilma ist nicht so duldsam wie unsere Mama. Wenn der Wilma am Papa etwas nicht paßt, dann teilt sie ihm das gleich in bewegten Worten mit. Der Papa hat zu mir gesagt, er muß sich mit der Wilma erst zusammenstreiten. Er wohnt ja erst mit ihr zusammen, seit er die neue Wohnung hat. Sich am Abend treffen und um Mitternacht wieder auseinandergehen, hat er gesagt, ist wesentlich leichter, als miteinander richtig zu leben.

Und die Wilma hat zu mir gesagt, in den paar Wochen, die sie mit dem Papa zusammenwohnt, entdeckt sie an ihm Züge, die ihr die ganzen drei Jahre, die sie ihn nun schon kennt, verborgengeblieben sind. Das hat nicht so geklungen, als wäre sie über diese „Züge" hoch erfreut. Weil ich ziemlich erstaunt darüber war, daß sie den Papa schon drei Jahre „näher" kennt, und ihr das auch gesagt habe, sind wir in ein ausführliches Gespräch über die Beziehung zwischen ihr und dem Papa geraten. Die arme Wilma hat jede Menge Schuldgefühle der Mama gegenüber. Und sie hat beteuert, daß sie den Papa erst nach gut einem Jahr „erhört" habe, weil sie sich nicht in eine Ehe mit Kindern einmischen wollte. Und erst, als ihr dann klar war, daß die Ehe meiner Eltern sowieso und überhaupt schon zerrüttet war, da hat sie dann keine Skrupel mehr gehabt.

Aber zurück zur Mama und zu meinem Besuch im Wollgeschäft:

Ich habe vor dem Laden gewartet, bis keine Kundin drinnen ist. Das hat ziemlich lange gedauert, denn die blöden Funzen kaufen ja nicht bloß ein paar Knäuel Wolle, die blättern auch in Journalen und lassen sich von der Mama einen Schnitt zeichnen und ewig lange ein Strickmuster erklären.

Endlich war dann der Laden leer. Ich bin rein. Die Mama hat sich bemüht, so zu tun, als sei zwischen uns nichts vorgefallen und alles super-OK. Und ich habe die gleiche Masche gehäkelt. Dann ist der Speedi von der Wohnung herunter in den Laden gekommen, weil er sich mit seiner Rechenaufgabe nicht ausgekannt hat. Ich habe ihm die Rechnungen erklärt, und als ich damit fertig war, war schon wieder eine Kundin im Laden. Und gleich hinter der sind noch zwei Funzen gekommen. So bin ich dann gegangen, weil bloß da hocken und der Mama beim Strickmustererklären zuschauen, das bringt ja auch nichts. Aber wenigstens weiß ich jetzt eines: Die Mama ist nicht böse auf mich!

Der Papa ist ein sehr lieber Mensch. Und die Wilma ist ein sehr lieber Mensch. Doch daß zwei sehr liebe Menschen miteinander nicht unbedingt harmonieren müssen, das hat mir ja bereits die Ehe vom Papa und der Mama klargemacht. Und mit jedem Tag, den ich hier wohne, wird mir klarer: Der Papa und die Wilma harmonieren miteinander auch nicht. An den ersten Abenden mit mir haben sie sich prächtig beherrscht, aber jetzt, wo sozusagen wieder der Alltag eingetreten ist, tun sie sich keinen Zwang mehr an. Und das Theaterstück, das sie miteinander aufführen, das kenne ich bereits von daheim. Bei manchen Szenen könnte ich direkt den Souffleur abgeben!

Sagt er: „Na, Hauptsache, Madame haben etwas zu nörgeln!“

Sagt sie: „Wer ist denn da sauer? Schau dir bloß einmal dein eigenes Gesicht an!“

Sagt er: „Mein Gesicht ist meine Privatangelegenheit!" Könnte ich, wenn der Wilma der weitere Text entfallen ist, aushelfen mit: „Aber nur, solange ich es nicht sehen muß!"

Und darauf für ihn: „OK, ich kann ja weggehen, wenn dich mein Gesicht stört!"

Und hernach für sie: „Na fein! Hast endlich einen Grund zum Weggehen gefunden!"

Ich frage mich wirklich, was ich nun aus dieser neuen Erfahrung schließen muß. Haben alle Paare, wenn sie streiten, die gleiche Wortwahl? Oder sind die Mama und die Wilma seelische Zwillinge?

Vielleicht sollte ich es mit Oropax-Ohrstoppeln probieren! Aber die Dinger sind sehr lästig. Einmal, daheim noch, habe ich mir so Dinger in die Ohren gepropft, weil die Karli nebenan eine Schnulzenmusik in Fußballstadion-Lautstärke gespielt hat. Doch die Dinger dämpfen zwar alle Umweltgeräusche, dafür hört man sich selbst, und das ist gewaltig eklig. In mir hat es geklopft und gerauscht, getickt und geraschelt, gesaust und gebrummt. Die Oma, die immer mit Oropax schläft, weil sie an einer lauten Straße wohnt, hat gemeint, das legt sich, das seien nur Anfangsschwierigkeiten, nach etlichen Tagen habe man sich so an die eigenen, inneren Geräusche gewöhnt, daß man sie nimmer hört. Doch mit Oropax könnte ich ja auch den Speedi aushalten. Da hätte ich es mir sparen können, beim Papa einzuziehen und damit die Mama bitterlich zu vergrämen.

Schön langsam reicht es mir wirklich! Vor einer halben Stunde ist der Papa heimgekommen, vor zehn Minuten die Wilma. Und was haben wir bereits? Na? Erraten und gewonnen! Einen Streit haben wir. Weil die Wilma den Papa im Büro angerufen und ihn gebeten hat, am Heimweg Aufschnitt und Bier zu kaufen. Sie hat nämlich eine Überstunde machen müssen. Der Papa hat den Einkauf abgelehnt und war dazu noch empört, weil er mit der Bim heimfahren mußte. Normalerweise hat die Wilma früher Büroschluß als der Papa und holt ihn dann mit ihrem Auto vom Büro ab. Aus Umweltschutzgründen. Damit nicht zwei Autos unnötigerweise die Gegend verabgasen.

Die Wilma ist wie der feurige Blitz zur Wohnungstür herein und wollte mit dem Papa die Sache ausdiskutieren. Aber der Papa hat bloß erklärt: „Reg dich ab, gehen wir halt essen! Ich bin eben kein Einkaufsnetz-Typ!"

Hat die Wilma gefaucht: „Sowieso nicht! Ein Macho-Typ bist, ein gottverdammter!"

Hat der Papa wieder einmal gesagt: „Na, Hauptsache, Madame haben wieder einmal etwas zu nörgeln!"

Und dann folgte das „saure Gesicht" und die „Privatsache", die ein saures Gesicht ist, und hierauf, daß er ja gehen könne, wenn ihr sein Gesicht nicht paßt, und danach, daß es fein sei, daß er endlich einen Grund zum Weggehen gefunden habe.

Und dann hat er doch glatt zu ihr gesagt: „Du Kuh, du, jetzt hör mir einmal zu!" Wortwörtlich und exakt im Tonfall, wie er es zur Mama gesagt hat, als sie den Streit wegen mir und dem Dr. Bims und der Schulvorladung hatten. Die Wilma – man hält es nicht für möglich – hat darauf geantwortet: „Zuhören? Das kannst du von einer Kuh nicht verlangen!"

Hat die Frau bei meiner Mama Nachhilfeunterricht genommen?

Nicht hübsch langsam, sondern häßlich schnell hat es mir dann gereicht!

Der Tupfen auf dem i, der noch gefehlt hat, war, daß die Wilma bei mir zur Zimmertür reingeschaut hat. Ausgehfertig. Da unterscheidet sie sich von der Mama. Die ist nach einem Streit immer trübsalblasend daheim geblieben, die Wilma hingegen haut ins Dolce Vita ab.

„Du, Ani, sag bitte deinem Vater –", hat sie angefangen. Ich habe sie nicht ausreden lassen. Ich habe sie unterbrochen: „Ich bin immer noch kein reitender Bote!"

Höchstwahrscheinlich hat sie nicht verstanden, was ich damit meine, aber sie hat wenigstens so lange gewartet, bis ich den allernötigsten Kram in der Reisetasche drinnen und den Taschenzipp zugezogen hatte. Und dann hat sie mich zur Mama in die neue Wohnung gefahren. Am Weg dorthin hat sie gesagt, daß ihr das alles schrecklich leid tue. Das war garantiert ernst gemeint. Ernst war auch gemeint, daß ich jederzeit wiederkommen könne. Auch für den Fall, daß der Papa eines Tages wegzieht und sie allein in der Wohnung lebt. Diesen Fall hält sie anscheinend für möglich! Wobei ich ganz nebenbei kapiert habe, daß ich mich, im Grunde genommen, gar nicht beim Papa, sondern bei der Wilma einquartiert hatte. Die Wohnung gehört ihr. Finde ich enorm diskret, daß sie das nie betont hat. Hätte ich das gewußt, hätte ich nie gewagt, dort Bett und Kost einzufordern!

Der Mama sind die Rühr-Tränen in die Augen geschossen, als sie die Tür aufgemacht und mich davor gesehen hat. Sie hätte noch einen Pullover zusammennähen müssen, aber das hat sie sein lassen und mir eine Heimkehrer-Biskuitroulade gebacken.

Die Karli, das unverschämte Weib, hat erklärt, jetzt habe sie doch die Wette gegen mich gewonnen. Wo wir erstens gar nicht gewettet haben und ich zweitens ja freiwillig hergekommen bin und nicht durch mütterliche Gewalt.

Und der Speedi-Zwerg bemüht sich echt, mir ein brauchbarer Zimmergenosse zu sein. Auf Zehenspitzen schleicht er durch den Raum. Bloß wirft er beim Schleichen seine große Glasmurmeldose um. Und wenn er zwei Minuten still ist, verkündet er nachher stolz: „Du, jetzt war ich aber dir zuliebe eine Stunde ganz schweig!“

Ernste Absichten

Speedi erzählt:

Die Mama hat mir für den Geburtstag Rollschuhe versprochen. Aber eigentlich kann ich Rollschuhe gar nicht brauchen. Da, wo wir jetzt wohnen, kann man vor dem Haus nicht rollschuhlaufen. Da gehen zu viele Leute und fahren zu viele Autos. Ein Park, wo man könnte, ist auch nicht in der Nähe. Der Park, den es gibt, hat nur Kieswege. Ich mag sowieso und überhaupt nicht hier wohnen! Im ganzen Haus, und das ist riesengroß, wohnt kein einziges Kind. Und die Kinder, die in den Nachbarhäusern wohnen, die kenne ich nicht. Ich weiß auch nicht, wie ich sie kennenlernen sollte. Sie spielen ja nicht vor den Häusern, so wie dort, wo wir früher gewohnt haben.

Im Nachbarhaus gibt es einen Buben in meinem Alter. Den habe ich ein paarmal auf der Straße gesehen. Der schaut vernünftig aus. Aber er ist an mir vorbeigegangen, ohne mich anzuschauen. Die Karli hat gemeint, ich soll einen Zettel schreiben und ihn im Nachbarhaus an das schwarze Brett im Hausflur hängen. Auf den Zettel soll ich schreiben: LIEBER BUB! MIR IST FAD! KOMM MICH BESUCHEN! ICH WOHNE NEBENAN, TÜRNUMMER 7! SPEEDI.

Ernst gemeint hat sie das sicher nicht. Sie hat so blöd gegrinst, wie sie es gesagt hat.

Bloß einen Hund kenne ich hier. Der läuft immer in der Gasse herum. Ohne Leine. Wem der gehört, weiß ich nicht.

Die Mama hat gesagt, daß ich ihn nicht streicheln darf, er könnte mich beißen. Aber der beißt garantiert nicht, der wedelt schon mit dem Schwanz, wenn er mich von weitem sieht.

Am blödesten an der neuen Wohnung ist, daß sie so weit weg von meiner Schule ist. Mit zwei Straßenbahnen muß ich in die Schule fahren. Zuerst mit der einen, dann mit der anderen. Die Karli hat den gleichen Schulweg. Wir fahren immer zusammen, und sie ist sehr grantig am Morgen und behauptet, daß sie wegen mir zu spät kommt. Weil ich beim Umsteigen, wenn die andere Straßenbahn in der Haltestelle steht, nicht schnell genug hinlaufen kann. Dabei könnte ich schneller laufen als die Karli, wenn nicht so viele Leute herumstehen und mir den Weg verstellen würden.

Gemein redet die Karli auch über mich! Unlängst, beim Umsteigen, haben wir eine Schulfreundin von der Karli getroffen. Die war sehr nett. Sie hat zur Karli gesagt: „Du hast ja einen unheimlich süßen Bruder!"

„Süß?" hat die Karli drauf gesagt. „Den Süßen tät ich dir eine Woche gönnen, dann wärst hinterher entweder eine Mörderin oder eine Selbstmörderin!"

Der Ani ist auch nicht netter. Der wohnt jetzt wieder bei uns. Die Mama hat mich gebeten, leise zu sein, wenn der Ani daheim ist, und ihn nicht zu stören. Ich bemühe mich echt, aber er ist nie zufrieden. Wenn ich bloß ein bißchen mit ihm reden will, keppelt er mich schon an, daß ich „schweig" sein soll.

Und damit er mich nicht zur Schule mitnehmen muß – er hat ja auch den gleichen Schulweg –, geht er schon eine

Viertelstunde zu früh aus dem Haus. Und die Karli beschwert sich bei der Mama, daß er sich immer „drückt" und sie mich immer „am Hals" hat. Aber ab jetzt brauche ich die beiden nimmer! Ich kann allein fahren. Das habe ich gestern bewiesen. Und das war so:

Am Morgen, wie ich aufgestanden bin, waren der Ani und die Karli noch in ihren Betten. Ich habe mir gedacht: Prima, da habe ich das Badezimmer allein, und keiner verdrängt mich vom Waschbecken.

Dann war ich mit Waschen und Zähneputzen fertig, und die beiden waren noch immer in ihren Betten. Ich bin zur Karli rein und habe so lange an einem Bein von ihr gezogen, bis sie munter war. Wenn sie nicht gleich aufsteht, habe ich zu ihr gesagt, dann kommen wir zu spät in die Schule. Sie hat sich im Bett umgedreht und gemurmelt: „Ich hab doch heute keine Schule, laß mich in Frieden!"

So bin ich zum Ani gelaufen und habe den wachgerüttelt. Der Ani ist sowieso und überhaupt plem-plem geworden. Seit drei Tagen schleppt er lauter komische Sachen in unser Zimmer. Bretter und Latten und Stangen, Kletterseile und Kartons und Decken. Sogar einen alten Sonnenschirm samt Ständer, den er im Hinterhof bei den Mülltonnen gefunden hat. Und mit einer Bohrmaschine hat er Löcher in die Wand rund um sein Bett herum gemacht. In ein paar von den Löchern hat er Mauerhaken eingeschraubt. Er sagt mir nicht, was das werden soll, wenn es fertig ist.

Der wachgerüttelte Ani hat gesagt, daß ich abhauen soll. Er hat heute auch keine Schule. Im Gymnasium ist heute Direktorstag.

Dann bin ich zur Mama ins Zimmer. Die war schon bei ihrem Nähtisch und hat einen Rollkragen an einen Pullover gestrickt. Sie muß sich beeilen, hat sie gesagt. Der Pullover muß bis neun Uhr, bis sie den Laden aufmacht, fertig sein. Eine Frau holt ihn um neun Uhr ab. Und wenn sie ihn nicht kriegt, schlägt sie Krach.

Die Mama wollte mich trotzdem mit dem Auto in die Schule fahren. Aber dann wäre der Pulli nicht fertig geworden. Ich habe gesagt, daß ich den Weg auch allein schaffe. Weil ich ihn ja schon vier Wochen lang mit der Karli geübt habe. Ich habe der Mama versprochen, wie ein „Haftelmacher“ aufzupassen.

„Den Weg finde ich im Schlaf“, habe ich gesagt.

Beim Haustor habe ich den Hund getroffen. Ich habe mein Jausenbrot aus der Schultasche geholt. Leider hatte mir die Mama Käse aufs Brot getan. Und Hunde reißen sich ja normalerweise nicht um Käse, denen ist Wurst lieber. Ich habe dem Hund das Käsebrot hinters Haustor gelegt. Damit niemand sieht, daß ich mein Jausenbrot an ihn verfüttere. Hat sich nämlich einmal eine Alte drüber aufgeregt. Eine Sünde ist das, hat sie gesagt. Warum das eine Sünde sein soll, weiß ich nicht. Ob der Hund mein Käsebrot gefressen hat, weiß ich auch nicht. Zu Mittag war es nimmer hinter dem Haustor. Es könnte aber auch von der Hausbesorgerin weggeputzt worden sein.

Weil ich kein Jausenbrot mehr hatte, bin ich in die Bäkkerei gegangen, um ein Kipferl. Ewig lang habe ich dort warten müssen, die Erwachsenen drängen die Kinder immer nach hinten und sich selbst vor. Als ich das Kipferl endlich hatte, war es schon halb acht. Wie der geölte Blitz bin ich zur Straßenbahnhaltestelle geflitzt. Die Bim war auch gleich da. Ich bin beim Türl stehengeblieben, damit ich die Haltestelle zum Aussteigen nicht verpasse. Habe ich auch nicht! Ich bin die Rolltreppe runter und wieder rauf, zum 1-er-Wagen.

Natürlich weiß ich, daß bei dieser Haltestelle nicht nur der 1-er hält, sondern auch der 44-er. Eine Doppelhaltestelle nennt man das. Aber weil ich nicht zu spät kommen wollte und mich deswegen gefreut habe, daß gerade eine Bim in der Haltestelle ist, habe ich drauf vergessen. Ich bin in die Bim rein, und mit mir, vor mir und hinter mir sind auch viele Leute eingestiegen, und weil die alle viel größer waren als ich, habe ich nicht gesehen, daß das ein 44-er ist!

Bummvoll war die Bim! Wie eine Sardine in der Dose war ich eingepfercht. Ohne Luft zwischen mir und den anderen. Hätte ich bei einem Fenster rausschauen können, hätte ich garantiert gemerkt, daß ich in der falschen Bim bin. Weil ich aber nicht rausgesehen habe, habe ich dann einen Mann gefragt, wann denn die Haltestelle Dornbacher Straße kommt. Da haben mir die Leute erklärt, daß ich falsch eingestiegen bin. Sie haben mir den Weg zum Türl freigemacht. Sie haben mir auch erklärt, wie ich wieder zurückkomme. Aber das habe ich nicht verstanden.

Ich bin einfach aus der Bim raus und habe überhaupt nicht gewußt, wo ich bin!

Doch da hat ein Taxi vor einem Haus gewartet. Mit einem Taxifahrer. Zu dem bin ich hin und habe ihn gefragt, wie ich nun in die Dornbacher Straße komme. Der Taxifahrer hat angefangen, es mir zu erklären, da ist ein Mann aus einem Haus gekommen und zu uns her. Das war ein Fahrgast, auf den der Taxifahrer gewartet hat. Der Mann war ein Glücksfall! Mich zur Schule zu bringen, hat er gesagt, sei kein großer Umweg für ihn! Ich soll einsteigen!

Gerade noch rechtzeitig bin ich zur Schule gekommen. Na, die Kinder haben vielleicht geschaut, wie ich aus dem Taxi gestiegen bin! So was passiert ja sonst nie!

Ich habe ein bißchen angegeben. So zum Spaß! Ich habe gesagt, mein Papa bezahlt mir das Taxi, damit ich nicht mit der vertrottelten Bim fahren muß! Und daß ich ab jetzt jeden Tag mit dem Taxi kommen werde!

Das war ziemlich blöd von mir. Weil heute bin ich ja nicht mit dem Taxi gekommen. Und da haben sie über mich gelacht und mich gefragt, ob meinem Papa das Geld ausgegangen ist. Ich habe gesagt: „Sowieso und überhaupt nicht! Aber heute sind die Taxilenker im Streik!"

Ich glaube, das haben sie mir geglaubt. Aber was soll ich denn morgen sagen? Auch wurscht! Sag ich halt morgen, daß ich die Bim lustiger finde!

Aus den komischen Sachen, von denen ich nicht gewußt habe, wozu sie sein sollen, hat sich der Ani eine Wohnhöhle gebaut. So nennt er die Hütte, die jetzt um sein Bett herum ist. Die schaut ungefähr so aus wie die Hütten von den ganz armen Leuten in Südamerika, die man manchmal im Fernsehen sehen kann. Bloß hat der Ani dort, wo die Armen-Leute-Hütten aus Blech sind, mit Karton gebaut. Damit die Hütte gut hält, hat er Seile durchs Zimmer gespannt. An denen hängen die Hüttenwände. Und der Eckpfeiler ist der alte Sonnenschirm. Und in den Wänden haben wir jetzt unheimlich viele Löcher. Weil unsere Wände nicht gut sind. Der Ani hat viele Löcher bohren müssen, bevor ein Mauerhaken in einem Loch gehalten hat. Die Mauerhaken hat er fürs Seilspannen gebraucht.

Die Mama findet die Hütte abscheulich, doch das traut sie sich vor dem Ani nicht zu sagen.

Ich finde die Hüttenhöhle auch nicht schön, und noch weniger schön ist, daß sie der Ani gebaut hat, damit er mich nicht sehen und weniger hören muß. Angeblich ist die Höhlenhütte fast schalldicht.

Die Karli hat zu mir gesagt: „Motz nicht, sei froh, daß er die Hütte nicht für dich gebaut und dich reingesteckt hat!" Aber das hätte ihm die Mama nie erlaubt! Ich bin doch kein Kaninchen, das man in einen Stall stecken kann!

Warum bin ich nicht der kleine Bruder vom Wuzi? Da hätte ich es viel besser. Der Wuzi ist immer freundlich zu mir. Der hilft mir sogar bei der Hausaufgabe. Und wenn ich ihn darum bitte, dann spielt er mit mir Malefiz oder Schwarzer Peter. Viel freundlicher ist er zu mir als der Ani und die Karli. Und jetzt muß ich Angst haben, daß der Wuzi gar nicht mehr zu uns kommt. Ich habe heimlich mitgehört, was die Karli dem Ani erzählt hat. Die Karli liebt einen Konni. Den Wuzi liebt sie aber auch noch. Und sie hat zum Ani gesagt, daß es möglich sein müßte, zwei zu lieben. Der Ani hat drauf gesagt, das müßte schon möglich sein, aber der Wuzi wird das nicht wollen. Genauso, wie die Mama nicht gewollt hat, daß der Papa auch noch die Wilma liebt. Und dann hat die Karli gesagt, daß der Wuzi ja nicht zu wissen braucht, daß sie diesen Konni liebt. Und der Ani hat ihr versprochen, dem Wuzi vom Konni nichts zu erzählen.

Der Wuzi hat es aber trotzdem erfahren, und die Mama ist daran schuld. Aber sie kann nichts dafür, weil sie gar nicht gewußt hat, daß es einen Konni gibt. So hat sie zum Wuzi gesagt, daß der Wuzi nicht jeden Abend mit der Karli weggehen soll, weil die Karli lernen und zeitig ins Bett gehen muß. Damit sie nicht noch schlechtere Schulnoten bekommt.

Der Wuzi war aber gar nicht mit der Karli am Abend weg. Das war der Konni! Und da hat der Wuzi kapiert, daß die Karli auch noch einen anderen Freund hat. Und ist ganz traurig gewesen. Und heimgegangen.

Ich habe ihn heute zu Mittag angerufen. Er hat mir versprochen, mich zu besuchen. Aber das hat nicht ehrlich geklungen. Und traurig war seine Stimme immer noch.

Den Dr. Zwickleder mag ich gern, weil er mir immer, wenn er zur Mama kommt, etwas mitbringt. Und lustig ist er meistens. Nur wenn er mit der Mama über das Geschäft redet, dann bekommt er Kummerfalten auf der Stirn. Von mir aus könnte er jeden Tag kommen. Aber untertags! Daß er mit der Mama auch am Abend weggeht, braucht nicht zu sein! Und küssen braucht er sie auch nicht! Tut er aber. Ich habe es ausspioniert. Zufällig, nicht hinterlistig! Einmal bin ich in der Nacht von einem Knall aufgewacht. Was geknallt hat, war sicher eine Tür vom Zwickleder seinem großen Auto. Ich bin aus dem Bett und zum offenen Fenster hin. Die Mama und der Zwickleder sind beim Haustor gestanden. Wie im Film hat der Zwickleder die Mama geküßt. Ganz lang und mit beiden Armen um ihren Rücken herum. Dabei ist ihm der Hut vom Kopf gefallen. Aber davon erzähle ich dem Ani und der Karli nichts! Sie halten vor mir ja auch alles streng geheim. Und sie mögen den Zwickleder sowieso und überhaupt nicht. Wenn sie das von dem Kuß wissen würden, würden sie sicher die Mama ausschimpfen.

Ich habe etwas toll Aufregendes hinter mir! Die Mama ist wieder mit dem Zwickleder ausgegangen. Nachtmahlessen. Bevor sie weggegangen ist, wollte sie mich ins Bett bringen, weil die Karli und der Ani sagen, das schaffen sie nicht. Dabei ist das überhaupt nicht wahr! Ich sehe bloß nicht ein, warum ich früher ins Bett gehen soll als sie! Wenn ich eh nicht einschlafen kann, weil die Karli den Fernseher so laut aufdreht, daß mein Bett wackelt, wenn die Gangster aufeinander schießen.

Und warum soll ich ins Bett gehen, nur damit die Mama nachtmahlessen gehen kann? So bin ich aufs Klo und hab gesagt, ich muß noch drücken. Ich bin oft verstopft. Bei mir kann das lange dauern. So lange, habe ich mir gedacht, wie das dauern kann, wird die Mama nicht warten wollen.

Die Mama wollte zu mir ins Klo rein. Da habe ich zugeriegelt. Wir haben auf dem Klo so einen blöden alten Drehverschluß zum Zuriegeln. Stimmt ja, daß die Mama gesagt hat, den soll man nicht drehen, weil er kaputt ist. Aber daran habe ich nicht gedacht, ich habe nur daran gedacht, daß ich mich von der Mama nicht ins Bett stampern lassen will.

Die Mama hat zur Karli ihrem Zimmer hin gerufen, daß mich die Karli ins Bett bugsieren soll, wenn ich mit dem Drücken fertig bin. Dann ist sie weggegangen. Als die Wohnungstür zugefallen war, wollte ich aus dem Klo raus. Ich habe den blöden Drehverschluß umdrehen wollen und habe ihn in der Hand gehabt! Abgebrochen war er! Ich habe nach dem Ani und nach der Karli gebrüllt und an die verschlossene Tür gehämmert. Zuerst haben mich die beiden nicht gehört. Ganz heiser gebrüllt hatte ich mich schon, da sind sie endlich gekommen. Und in dem kleinen Klo war schon keine Luft zum Atmen mehr! Jetzt sagen alle, daß ich mir das nur eingebildet hätte. Aber ich bin ja nicht blöd! Ich weiß ja, daß ich keine Luft mehr bekommen habe!

Wie ich gemerkt habe, daß der Ani und die Karli auch keinen Rat wissen, habe ich zu weinen angefangen. Ich habe gedacht, nun muß ich auf dem Arsch-Scheiß-Häusel ersticken!

Dann hat aber der Ani einen guten Rat gewußt. Er hat gesagt, ich soll mich auf die Muschel setzen und die Beine anziehen, damit er mir nicht weh tut. Und dann hat er die Tür eingeschlagen. Die untere Türfüllung hat er herausgestemmt. Mit viel Krach. Und ich bin rausgekrochen. Jetzt haben wir eine komische Klotür! Wenn wer auf dem Klo sitzt, sieht man seine Beine bis fast zu den Knien. Die Mama hat bei vielen Tischlern angerufen, doch die Tischler haben keine Zeit für so Kleinigkeiten wie Klotüren mit Quadrat-Loch. Ein Tischler wollte der Mama eine neue Klotür verkaufen. Die Mama hat abgelehnt. Das ist zu teuer, hat sie gesagt. Jetzt haben wir nicht einmal mehr genug Geld für eine Klotür!

Die Karli hat einen gemeinen Brief gefunden. Der gemeine Brief ist von der Theresa-Charlotta. Sie hat der Mama geschrieben, daß ihr die Mama sehr viel Geld sehr schnell zahlen muß. Sonst klagt sie bei Gericht.

Die Karli hat mir erklärt, das ist so viel Geld, wie ich in vierhundert Jahren Taschengeld bekommen würde! Und wenn die Mama geklagt wird, dann verliert sie, und wir werden gepfändet, und man nimmt uns alles weg, bis aufs Bett und die Schulsachen.

Die Mama will sich das Geld vom Dr. Zwickleder ausborgen. Die Karli hat sich darüber furchtbar aufgeregt. Nicht vor der Mama, erst hinterher. Sie hat den Ani deswegen sogar aus seiner Hüttenhöhle herausgeholt. Er soll sich nicht in seinem Fetzenbungalow verkriechen, hat sie gesagt, wenn es drunter und drüber geht.

Sie hat dem Ani vom Brief und vom Geld erzählt, und daß die Mama den Zwickleder ums Geld bitten wird. Den Ani hat das nicht aufgeregt.

Aber die Karli meint: Soviel Geld gibt der Zwickleder nur her, wenn er die Mama heiraten will. Und etwas Ärgeres könnte gar nicht passieren! Das Geld muß von woanders herkommen. Sonst heiratet die Mama den Zwickleder noch wirklich. Aus lauter Dankbarkeit oder so.

„Ich treibe das Geld auf!" hat die Karli gesagt. Und dann hat sie gesagt, der Ani und ich, wir müssen zum Auftreiben mitkommen, weil wir zu dritt stärker sind.

Zum Papa ins Büro ist sie mit uns gefahren. Der Ani hat den ganzen Weg über gesagt, daß das gar nichts bringt, weil er weiß, daß der Papa sowieso und überhaupt nicht so viel Geld hat.

„Wird er sich eben einen Kredit aufnehmen für die Mama“, hat die Karli gesagt.

Der Papa war sehr verwundert, daß wir zu ihm ins Büro kommen. Die Karli hat ihm gesagt, warum wir gekommen sind. Der Ani hat recht gehabt: So viel Geld hat der Papa nicht! Und Kredit kann er auch keinen kriegen. Weil er den nicht zurückzahlen könnte. Er zahlt noch den Kredit zurück, den die Mama für den Wolladen genommen hat. Und Alimente muß er für uns zahlen. Und einen Geldscheißer, hat er gesagt, hat er leider nicht. Die Mama hätte das blöde Wollgeschäft nie aufmachen sollen! Er war immer dagegen. Er hat immer gewußt, daß damit kein Geld zu verdienen ist! Das stimmt aber nicht. Seit die Mama den ganzen Tag im Geschäft ist, geht es schon viel besser. Die Karli hat es dem Papa gesagt, doch der Papa hat den Kopf geschüttelt und es nicht geglaubt.

Der Ani ist dann aufgestanden und hat gesagt, daß er jetzt geht, weil alles für den Hugo ist. Die Karli hat ihm recht gegeben und ist auch aufgestanden. Ich wäre noch gerne beim Papa geblieben, doch die Karli hat mich gepackt und vom Stuhl gezogen. Nicht einmal einen Abschiedskuß habe ich dem Papa geben können.

Am Heimweg habe ich der Karli schwören müssen, der Mama nichts von unserem erfolglosen Papa-Besuch zu erzählen. Die Mama, meint die Karli, würde sich darüber ärgern, daß wir beim Papa um Geld betteln waren. Die Mama, hat sie gesagt, hat ihren Stolz!

Jetzt wird doch der Dr. Zwickleder das Geld hergeben müssen. Ich habe versucht, mir auszudenken, wie das wäre, wenn die Mama wirklich den Zwickleder heiratet. Vielleicht wäre das gar nicht so furchtbar, wie die Karli glaubt. Er hat mir einmal erzählt, daß er ein großes Haus hat, mit einem Garten rundherum. Wenn wir dort einziehen würden, könnte ich im Garten spielen. Und vor dem Garten rollschuhlaufen. Und der Ani hätte ein eigenes Zimmer. Aber der Zwickleder hat mir auch erzählt, daß er einen großen Sohn hat. Der ist so alt wie die Karli. Der Dr. Zwickleder ist auch geschieden. Wieso der große Sohn nicht bei seiner Mutter, sondern bei ihm wohnt, weiß ich nicht.

Wenn der große Sohn so lieb wie der Wuzi wäre, wäre das gut. Aber die meisten großen Buben sind nicht so lieb. Der Wuzi ist eine Ausnahme. Der Sohn könnte ein Super-Ekel sein. Noch einen, der ewig „sei schweig“ zu mir sagt und behauptet, daß ich eine „Heimsuchung“ bin, brauche ich nicht.

Aber daß der Papa mit der Wilma zusammen lebt, ist gut. Die Wilma hält immer zu mir, gegen den Papa. Wenn er mir kein zweites Eis kaufen will, tut sie es und sagt: „Ist doch ein Aberglaube, daß Eis für einen Kindermagen schädlich ist!“

Das letzte Mal, wie ich am Sonntag mit dem Papa und der Wilma weg war, waren wir im Tiergarten. Ich bin mit der Wilma beim Löwenkäfig gestanden. Neben uns ist eine Frau gestanden. Die hat zur Wilma gesagt: „Ach, Sie haben aber einen ganz, ganz reizenden Sohn!“

Die Wilma hat gelacht und mich an sich gedrückt und zur

Frau gesagt: „Ja, so ein Superkind ist ein Glücksfall!"

Bald kommt mein Geburtstag! Ich bin mir ziemlich sicher, daß mir die Wilma den ferngesteuerten Jeep schenkt, den ich ihr in der Auslage vom Spielwarengeschäft gezeigt habe. Der Dr. Zwickleder schenkt mir garantiert auch etwas Schönes!

Wir brauchen das viele Geld vom Dr. Zwickleder nicht und haben Sekt getrunken! Die Mama, die Wilma und ich! Die Karli hat nicht mitgetrunken. Die hat nämlich einmal, da haben wir noch im Haus gewohnt, eine ganze Flasche Champagner ausgetrunken. Davon war ihr dann zwei Tage kotzübel mit Kopfweh. Seither graust ihr, wenn sie so eine Sektflasche bloß sieht. Aber gefreut hat sie sich auch!

Die Wilma hat der Mama die vierhundert Jahre Taschengeld gegeben. Jetzt ist die Wilma der Woll-Co der Mama. Das viele Geld hat sie vor ein paar Jahren von einer uralten Tante geerbt. Sie hat es auf einem Sparbuch gehabt. Genau wissen die Karli, der Ani und ich nicht, wie das gekommen ist, daß die Wilma der Co geworden ist. Dem Ani ist es auch wurscht, der liegt ja sowieso und überhaupt nur mehr in seinem Fetzenbungalow und liest und kommt nur zum Schulegehen, Klogehen und Essen raus. Wir wissen nicht einmal, ob es dem Papa recht ist, daß die Wilma das gemacht hat. Wir werden es schon noch rauskriegen, aber im Moment wissen wir nur soviel: Wie wir – die Karli und ich – am Nachmittag ins Geschäft gekommen sind und die Mama fragen wollten, ob wir noch etwas fürs Nachtmahl einkaufen sollten, war die Mama nicht im Geschäft, sondern die Wilma. Und dann ist die Mama gekommen. Mit einer Flasche Sekt und zwei Gläsern auf einem Tablett. Aus dem Kaffeehaus hat sie den Sekt und die Gläser geholt. Mein bißchen Sekt habe ich aus einem Wasserglas getrunken. Mit dem Sekt haben wir auf „florierenden Geschäftsgang“ und „gute Partnerschaft“ angestoßen. Ich finde es schön, daß die Mama mit der Wilma jetzt gut Freund ist, weil ich jetzt auch vor der Mama sagen kann, daß ich die Wilma mag. Früher habe ich mir gedacht, daß die Mama das nicht hören will.

Und noch etwas ist gut: Jetzt kann ich die Wilma auch ohne Papa sehen. Der Papa und die Wilma streiten nämlich oft. Und wenn sie streiten, bevor er mich von daheim abholt, dann kommt er allein, dann kommt die Wilma nicht mit. Und es nützt gar nichts, wenn ich ihm sage, daß ich gern die Wilma dabei hätte. Da wird er dann höchstens grantig.

Die Ruine

Karli erzählt:

Ich habe meine Meinung über die Wilma gründlich geändert. Sie ist eine echt tolle Frau. Richtig unsympathisch war sie mir ja eigentlich nie. Ich habe ihr halt nachgetragen, daß sie sich in den Papa verliebt hat, ohne auf seine Familie Rücksicht zu nehmen. Rücksichtslos ist sie aber nicht. Sonst hätte sie der Mama das Geld nicht gegeben. Sie mogelt, wenn sie behauptet, sie habe das aus Geschäftssinn getan, weil es besser sei, wenn Geld „arbeitet", statt auf dem Sparbuch zu versauern. Jemand mit Geschäftssinn würde garantiert einen besseren Ort als der Mama ihren Saftladen finden, um Geld arbeiten zu lassen. Sie hat es getan, um uns zu helfen! Und sie hat mir erzählt, es war eine harte Überredungsarbeit, bis die Mama bereit war, das Geld zu nehmen und sie als Co anzuerkennen. Ist ja auch nicht so leicht, mit dem „Scheidungsgrund" eine Partnerschaft einzugehen. Der Konni hat sogar gesagt, er findet das „pervers". Aber warum soll die Mama die Wilma denn auf ewig hassen? Und die Wilma hat gewiß recht, wenn sie sagt, daß sie die Ehe vom Papa nicht kaputt gemacht hat, daß die vorher schon ziemlich kaputt gewesen ist.

Übrigens dürfte auch die Beziehung Papa-Wilma bereits ziemlich kaputt sein. Wahrscheinlich ist der Papa für eine langdauernde, harmonische Partnerschaft sowieso und überhaupt nicht geeignet. So lieb er auch ist! Aber was schert mich das? Mit wem der Papa gerade zusammen oder nicht zusammen ist, juckt mich nicht viel, weil ich ja nicht mit ihm zusammen leben muß. Die Sache Mama-Zwickleder liegt mir viel schwerer im Magen. Fast kein Tag vergeht mehr, ohne daß sie ihn trifft. Jetzt schiebt sie nicht einmal mehr Steuerangelegenheiten vor. Ich will den alten Knacker nicht als Zweitvater! Und er spielt sich ja bereits zweitväterlich auf! Zum Mathe-Lernen hat er sich mir angeboten!

„Danke, ich habe einen Nachhilfelehrer", habe ich auf sein Anerbieten gesagt.

Sagt er: „Aber der kostet deine Mutter viel Geld, das könnten wir ihr ersparen!"

Was geht denn das ihn an? Was mischt er sich da ein? Und ich brauche jetzt ohnehin nur die Mathe-Nachhilfe. Weil ich bloß einen Nachzipf habe. Weiß der Himmel, wieso mir die Englisch-Tante letzten Endes doch noch das Genügend geschenkt hat. Schularbeitsnotenmäßig war ich auf vier komma sieben! Und die mündliche Prüfung war ein negativer Graus!

Die Rosi behauptet, ich habe das dem Wuzi zu verdanken. Er ist angeblich am Tag vor der Notenschlußkonferenz zur Englisch-Tante gegangen und hat gute Worte für mich eingelegt. Er ist ja der Klassen-Darling von der Englisch-Tante. Angeblich hat er ihr geschworen, mit mir die ganzen Ferien über Englisch zu pauken und alles Versäumte nachzuholen.

Ich kann mir nicht vorstellen, daß der Wuzi das für mich getan haben sollte, obwohl er böse auf mich ist und kein Wort mehr mit mir redet. Aber beim Wuzi ist ja alles möglich! Er ist eben ein guter Mensch. Und es tut mir wirklich leid, daß ich ihm das angetan habe und alles so gekommen ist. Doch gegen die Liebe auf den ersten Blick kann sich kein Mensch wehren, und zwischen dem Konni und mir hat es eben eingeschlagen wie der Blitz, der fünfgezackte!

Um ganz ehrlich zu sein, bei mir hat der Blitz schon vor einiger Zeit eingeschlagen, voriges Jahr zu Schulanfang schon. Da ist der Konni von einer anderen Schule zu uns übersiedelt. Sooft ich ihm am Gang begegnet bin, war es, als wäre ein Gummiband zwischen ihm und mir gespannt. Und das Gummiband hat mich zu ihm hinziehen wollen. Bloß er hat mich nie angeschaut. Die Herren aus der siebenten Klasse ignorieren ja unsereinen üblicherweise. Auf der Geburtstagsparty der Lilli hat es dann auch beim Konni geblitzt! Und da der Wuzi auf der Party nicht anwesend war, konnte ich ungehemmt sämtliche Blitzfunken vom Konni empfangen.

Ich wäre ja bereit gewesen, den Wuzi weiter zu lieben, und das wäre sicher möglich gewesen, denn ich habe viel Liebesfähigkeit in mir. Zudem sind der Wuzi und der Konni so verschieden, daß es mir auch nicht langweilig geworden wäre. Der Wuzi hat das abgelehnt! Er kann mich mit niemand anderem teilen, hat er gesagt. Dazu ist er viel zu eifersüchtig. Und dann hat er mir ein Ultimatum gestellt, ein sehr kurzes. Einen einzigen Tag hat er mir zur Entscheidung gelassen. Vielleicht bin ich ein oberflächliches Schwein, aber wenn man den Wuzi und den Konni nebeneinader sieht, dann zieht es einen eindeutig zum Konni hin. Er ist so wahnsinnig süß und genau mein Typ! Ich bekomme irrsinniges

Herzflattern, sooft ich ihn anschaue. Den Wuzi kenne ich schon ewig. Vielleicht habe ich seinerzeit, im Kindergarten, Herzflattern bekommen beim Anblick vom Wuzi. Jetzt jedenfalls flattert in mir wegen ihm gar nichts. Wenn ich den Wuzi und den Konni mit Wasser vergleichen müßte, dann wäre der Wuzi ein stiller See mit Schilf rundherum und Entchen obendrauf und blauen Libellen drüber. Und der Konni wäre ein Wasserfall. Oder eine Meeresbrandung. Oder ein Wildwasserbach, den nur ein wahnsinnig tüchtiger Kanufahrer bezwingen kann.

Vielleicht gerate ich ja auch dem Papa nach und eigne mich nicht fürs Dauerhafte.

Jedenfalls bin ich hautfroh, daß die Ferien gekommen sind. Jeden Vormittag, fünf, sechs Stunden lang, den vorwurfsvollen Blick vom Wuzi auszuhalten, war keine Kleinigkeit. Und dazu noch die blöden Bemerkungen von ein paar Wapplern in unserer Klasse! Die haben ja kein Taktgefühl im Leibe und erkundigen sich glatt und laut und unverschämterweise beim Wuzi: „Na, nichts mehr Karoline-Darling? Geschieden von Tischchen und Bettchen? Ausgebootet vom schönen 7-B-Konni?“

Haarscharf haben die Idioten in jeder Pause beobachtet, ob ich ihn anschaue, und wie ich ihn anschaue, ob er zurückschaut, und wie er zurückschaut. Und dann haben sie untereinander besprochen, ob wir wieder zueinander finden werden oder nicht. Und daß die Schuld bei mir liegt, weil ich eine kaltherzige Person bin, die über die Wuzi-Leiche geht.

Es hat mich sehr gekränkt, daß sie kein bißchen Verständnis für mich haben. Und in Wirklichkeit für den Wuzi auch nicht. Wir waren bloß Tratschfutter für sie. In der letzten Schulwoche vor den Ferien war ich schon so weit, daß ich mir gedacht habe: Ich bleibe eh gern sitzen und wiederhole das Schuljahr, denn mit diesen Arschlöchern will ich nicht länger zusammen sein!

Die Rosi war natürlich eine Ausnahme. Die hält zu mir, durch dick und dünn! Was ich ihr in dem Fall besonders hoch anrechne, weil sie den Wuzi gern mag und den Konni nicht. Aber sie hat zu mir gesagt: „Eine wahre Freundin muß ihre eigenen Vorurteile zurückstellen und alles mit den Augen der Freundin sehen, wenn es um deren Wohl geht!"

„Leben ist Veränderung", sagt die Wilma oft, und ich habe daran ja auch nie gezweifelt, aber daß die Veränderung so blitzschnell und ohne warnende Vorzeichen geschehen kann, das hätte ich nicht angenommen.

Ich war mit der Rosi und dem Konni im Bad. Meine Mathematiksachen hatte ich dabei, weil ich morgen dem Mathe-Nachhelfer zwanzig richtig gelöste Beispiele übergeben soll. Der Mann schikaniert mich enorm um seinen hohen Stundenlohn. Und dauernd hat er den saublöden Spruch drauf: „Auch was man in zehn Monaten verschlafen hat, läßt sich in sechs Wochen nachholen, wenn man zielstrebig ist und positiv denkt!"

Die gute Rosi hatte sich taktvoll auf eine Extra-Pritsche zurückgezogen, um den Konni und mich bei der Liebe nicht zu stören. Der Konni wollte aber sowieso nicht turteln, sondern mich beim Lösen der Mathe-Beispiele überwachen! Obwohl ich ihn wahrlich nicht darum gebeten hatte! Ganz im Gegenteil. Aber darum hat er sich nicht geschert. Er hat einen roten Filzstift aus meinem Etui genommen und mit diesem auf meinem Rechenblock herumgestrichen und gemotzt, daß das ohnehin babyleichte Rechnungen seien, und daß ich froh sein soll, den Mecnik in Mathe zu haben. Beim Huber, bei seinem Mathe-Lehrer, hätte ich viel kompliziertere Beispiele kapieren müssen, da hätte ich geschaut!

Wie der perfekte Oberlehrer hat er sich aufgeführt! Und dann wollte er anfangen, mir die Mathematik genau zu erklären, und hat mir einen langen Vortrag gehalten. Einen von der Art, wie ich ihn sowieso und überhaupt nicht verstehe. Ich habe nun einmal kein Rechenhirn. Die einzig gangbare Methode für mich ist, Rechengänge einfach auswendig zu lernen. So wie man ein Gedicht lernt. Das hat sogar schon mein Mathe-Nachhelfer eingesehen und trainiert mich drauf.

Ich habe das dem Konni sehr wohl gesagt, aber er hat weiter doziert, und weil ich seinen erleuchteten Gedanken weder folgen wollte noch konnte, hat er gesagt: „Faul bist! Stinkfaul und unkonzentriert!“ Und dann noch: „So blöd, wie du dich stellst, kann ein Mensch gar nicht sein!“

Daß er so etwas zu mir sagt, hätte ich nicht für möglich gehalten! Es hat mich im tiefsten Kern meiner Seele verletzt! Ich habe meinen auf der Pritsche verstreuten Kram gepackt und in die Badetasche gestopft und wollte nichts wie weg! Er hat mich zurückgehalten. Nicht mit einer Entschuldigung für sein gemeines Benehmen, sondern dadurch, daß er einfach mein linkes Bein festgehalten hat. Ich habe ihm, weil ich mir so etwas von niemandem gefallen lasse, die Badetasche auf den Schädel gedroschen. Zweimal, wenn ich mich richtig erinnere. Da hat er mein Bein losgelassen und mit einer Faust nach der Tasche geschlagen. So stark, daß mir die Tasche aus der Hand geflogen und in hohem Bogen weggesaust ist. Mein ganzer Kram ist natürlich dabei herausgefallen. Die vor sich hin Bräunenden auf den anderen Pritschen haben mir grinsend zugeschaut, wie ich mein Hab und Gut wieder einsammelte. Peinlicherweise sind die Tampons aus der Schachtel gerollt!

Und der Konni hat mir beim Aufsammeln zugeschaut und ganz laut gesagt: „So was von gestörter Frau!"

„Hauptsache, du bist nicht gestört!" habe ich ihm zugezischt und bin, so hoheitsvoll als möglich, abmarschiert. Einer von einer Nachbarpritsche ist hinter mir her und hat mir zwei Tampons überreicht, die ich beim Einsammeln übersehen hatte.

Eigentlich ist es ja maßlos blöde, sich rot zu genieren, wenn einem ein Knabe zwei Tampons in die Hand drückt. Sind schließlich ganz normale Dinger für eine ganz normale Sache. Aber zwischen Buben und Mädchen scheinen die normalsten Sachen nicht normal zu sein. Wieso das so ist, weiß ich nicht, aber schon damals, als ich meine erste Regel hatte, war das so eine getuschelte „Frauensache" zwischen mir und der Mama. Und wie der Speedi einmal eine blutbekleckerte Unterhose von mir im Schmutzwäschekorb gefunden und die Mama gefragt hat, ob ich mir am Hintern weh getan habe, da hat ihm die Mama die Sache auch nicht wirklich erklärt. Und der Papa, der dabei war, hat getan, als wäre er vorübergehend taub und blind.

Wo es um „Unterleib“ geht, da klaffen Praxis und Theorie ziemlich weit auseinander. Die Mama und der Papa behaupten immer, sie haben diesbezüglich überhaupt keine Komplexe, sie seien nicht prüde und nicht verklemmt und sexmäßig total locker. Und warum, frage ich mich dann, habe ich in fünfzehn Lebensjahren meinen Vater noch nie völlig entkleidet gesehen? Der wäre doch eher im Erdboden versunken, als vor mir „unten ohne“ das Wohnzimmer zu durchqueren.

Und unlängst, wie ich ihn am Abend besucht habe und er in der Badewanne gesessen ist, ohne Badeschaum, da hat er blitzschnell die Hände über den Pimmel gelegt. Ich habe mich spaßhalber auf den Wannenrand gesetzt und mir gedacht: Er kann ja nicht ewig im Wasser hocken wie der angemalte Kümmeltürke!

Ich habe ein nettes Plauscherl mit ihm begonnen. Er hat seine händische Pimmel-Deckung nicht aufgegeben. Hätte ich mich nicht seiner erbarmt und das Badezimmer verlassen, wäre er wohl um Mitternacht noch so im Wasser gehockt!

Aber zurück zum Bad! Ich bin zur Rosi auf die Pritsche geflüchtet und habe ihr erzählt, wie gemein sich der Konni zu mir benommen hat. Die Rosi hat das gar nicht so schrecklich furchtbar gefunden. Sie hat behauptet, ich sei in letzter Zeit zu „angerührt“, und wenn der Konni gesagt hat, daß ich mich blöd stelle, dann heißt das, daß er mich nicht für blöd hält.

Fast hätte ich deswegen auch noch mit der Rosi Krach bekommen, doch da sind der Wuzi und der Speedi zu unserer Pritsche gekommen. Hand in Hand. Der Speedi liebt den Wuzi nämlich. Und der Wuzi kann sich gegen die Liebe nicht gut wehren. Der Speedi ist ja keiner, der sich zurückhält und keine Bedürfnisse anmeldet. Der ist eine lästige Laus. Wenn der ins Bad gehen will und ich ihn nicht mitnehme und der Ani auch nicht bereit ist, mit ihm ins Bad zu latschen, dann ruft er einfach den Wuzi an und bettelt solange, bis der Wuzi nachgibt.

Könnte aber auch sein, daß der Wuzi so bereitwillig mit dem Speedi ins Bad gegangen ist, damit er Kontakt zu mir aufnehmen kann. Wie auch immer, wäre der Speedi nicht dabei gewesen, hätte sich der Wuzi wahrscheinlich nicht so einfach zu mir herbegeben. Aber der Speedi hat ihn zu uns gezogen. Und hat sich gleich auf unserer Pritsche breitgemacht und sein Badetuch ausgebreitet.

Und die Rosi hat zum Wuzi gesagt: „Platz dich, Alter!"

Der Wuzi hat das Angebot von der Rosi angenommen, hat sich gesetzt und mich nicht angeschaut. Der Speedi ist ins Wasser gegangen. Die Rosi ist um ein Schleckeis gegangen. Wahrscheinlich ohnehin, um dem Wuzi und mir eine Chance zu einer „Aussprache" zu geben. Sie hat ein bißchen etwas von einer Kupplerin in sich.

Zuerst war es peinsam peinlich, so dicht und fischstumm am Wuzi. Dann hat er zu mir gesagt: „Sags, wenn du mich nicht hierhaben willst!"

Mehr als „Ach Wuzi" ist mir nicht eingefallen. Ich war völlig down. Ich habe die Beine angezogen und den Kopf auf die Knie gelegt und „eingeschaut".

„Alles ist so beschissen", habe ich in meine Kniescheiben hineingemurmelt. Der Wuzi hat es trotzdem verstanden.

„Was liegt denn hauptsächlich an?“ hat er gefragt.

„Hauptsächlich alles!“ habe ich geantwortet. Und dann habe ich ihn gefragt, wieso er eigentlich nicht mehr böse auf mich ist, und er hat geantwortet, daß er halt kein Langzeitgedächtnis hat, und daß es nichts bringt, auf jemanden böse zu sein, den man sehr lieb hat. Und einen Arm hat er um meine Schultern gelegt. Ich habe mich an ihn gekuschelt und gespürt, daß mir ein stiller See mit Schilf herum letzten Endes doch mehr wert ist als ein Wildwasserbach ohne Einfühlungsvermögen. Was habe ich denn vom optischen Reiz und vom Herzflattern, wenn sonst nichts stimmt?

War ja nicht bloß, daß der Konni glaubt, ich stelle mich so blöd, wie niemand sein kann! Keines meiner Probleme hat er begriffen! Zum Mama-Zwickleder-Fall hat er bloß gesagt: „Ihr seid schon eine komische Familie, nichts wie drunter und drüber!“ Und mein Urlaubsjammer hat ihn einen feuchten Staub gekümmert. Daß er in zwei Wochen mit seinen Eltern nach Griechenland fahren und mir jede Woche eine Karte schicken wird, hat er gesagt. Und vorgeschwärmt hat er mir von dem Ort, wo er wohnen wird. Vom Surfen und Segeln und Wasserskifahren. Wie ich ihm gesagt habe, daß es heuer bei uns wahrscheinlich gar keinen Urlaub geben wird, wegen Geldmangel der Mama, hat er lächelnd verkündet: „Such is life, sugarbaby!“

Jetzt, wo ich meine fünf Sinne wieder beisammen habe, kann ich nur sagen: Ich bin von einer Gefühlsverwirrung genesen, die mir eine Liebeslehre sein wird!

Der Wuzi und ich waren spazieren. Im Eissalon haben wir uns ein großes Schleckeis gekauft. Als wir aus dem Eissalon herauskommen, steht da die Lilli aus unserer Klasse. Sie schaut ungeduldig zu den vielen Leuten hin, die sich vor der Eistheke drängeln, und motzt: „Wann kommt denn mein Kerlchen endlich dran?"

(Daß mit „Kerlchen" ihr neuester Flirt gemeint war, war uns klar. Die Lilli verbraucht pro Monat ein „Kerlchen", aber sie ist gut dran. Sie hat eine robuste Seele. Ihre Flirts enden stets ohne Kummer für sie.)

Ich erkundige mich bei der Lilli, wer von den Thekenstehern ihr momentanes Kerlchen ist, sie zeigt auf einen ziemlich hochgeschossenen, etwas mickrigen Knaben und erzählt uns, daß sie den im Wartezimmer vom Zahnarzt kennengelernt habe, und daß seine inneren Werte seine äußeren weit übertreffen. Dann erzählt sie uns noch, daß sie heim muß, Koffer packen, weil sie morgen, sehr zeitig in der Früh, mit ihren Eltern Richtung Teutonengrill, Quarantäne Costa Brava, düsen wird. Dann kommt das Kerlchen, der Thekenschlacht mit zwei Eistüten siegreich entronnen. Die Lilli fragt mich, wohin ich auf Urlaub fahre. Ich antworte, daß ich höchstwahrscheinlich überhaupt nicht verreisen werde, daß da bloß eine kleine Chance besteht, mit dem Papa und seiner Freundin für zwei Wochen wegzufahren. (Daß die Chance minimal ist, weil die Wilma mit dem Papa zerstritten ist und der Papa angeblich wieder auf neuen „Freiersfüßen" wandelt, das erwähne ich natürlich nicht, das geht eine Schulkollegin nichts an.) Die Lilli schleckt Eis, lacht, deutet auf das Kerlchen und sagt: „Wie beim

Zwizwi, dem sein Vater will auch seine neue Freundin mitnehmen!“

Darüber ärgert sich das Kerlchen so, daß ihm die Eiskugel von der Tüte fällt. Es spricht indigniert: „Falls ich meine Familiengeschichte erzählen will, tu ich es selber!“

Hierauf begibt sich der Knabe retour zur Eistheke um ein Ersatzeis. Und die Lilli, die noch nie eine verschwiegene war, nimmt sich die Rüge von diesem Zwizwi nicht zu Herzen und erzählt uns im Tempo-Rapido, daß der Zwizwi eine rare Ausnahme ist, weil er seit Babyzeiten bei seinem Vater lebt. Sein Vater, sagt sie, eignet sich gut zur Mutterrolle, aber nicht zum Ehemann. Dreimal drei Stunden Frau pro Woche reichen dem reichlich! Nur im Urlaub, da will er eine Frau um sich haben. Weil er da seinen Beruf nicht hat und ihm ohne den bald langweilig wird. Aber, sagt die Lilli, mit den Damen, die er in den Ferien mitnimmt, verträgt er sich dann rund um die Uhr auch nicht. Sie hat, sagt sie, daheim beim Zwizwi die Urlaubsfotoalben angeschaut. „Jeden Sommer dieselben zwei Herren und eine andere Dame! Sagenhaft“, sagt sie, und dann verstummt sie, weil der Zwizwi mit einem neuen Eisstanitzel zurückkommt. Und der Wuzi sagt zu ihm: „Zwizwi, das klingt nach Wellensittich!“

Worauf der Zwizwi antwortet: „Kommt bloß von meinem Familiennamen. Ich heiße nämlich Zwick-leder. Oder Zwickl-eder. So oder so ausgesprochen saublöd!“

Laut Wuzi habe ich nach dieser Meldung geschaut wie ein voller Autobus. Laut Rosi wie ein leerer Eimer! Aber das muß man ja erst einmal verarbeiten! Da schlägt man sich wochenlang mit Schauer-Trauer-Horrorgedanken an einen zukünftigen Stiefvater herum, hat Alpträume, daß einem der alte Knacker (so alt ist er eigentlich gar nicht) klammheimlich in die Family reinwächst, und dann erfährt man unvermutet und ganz nebenbei vor einem Eissalon, daß da nie Gefahr gedroht hat, daß man total auf dem Holzweg gewesen ist, und daß der steuerberatende Mann nichts anderes im Sinn hat, als dreimal drei Stunden pro Woche mit der Frau Poppelbauer zusammen zu sein!

Mit wem die Mama neun Freizeitstunden pro Woche verbringt, ist wahrlich ihre Sache, die geht mich nichts an, da verschwende ich keinen Gedanken mehr dran!

Kaum meint man, man habe seine Probleme auf ein erträgliches Maß, nämlich auf eine herbstliche Nachprüfung reduziert und könne nun halbwegs gelassen durchs Leben stolpern, da überfallen einen schon wieder gröbere Scherereien, weil man ja leider kein Einzelkind geblieben, sondern mit zwei Brüdern gesegnet ist! Dabei hat es eher hoffnungsfroh begonnen. Ganz glücklich war die Mama in der Früh beim Frühstück. Weil mein geliebtes Bruderherz aus seinem Fetzenbungalow herausgekommen ist, mit uns gefrühstückt, sich ordentlich angezogen und die Absicht geäußert hat, außer Haus zu gehen.

Seit sich der Ani in seine Wohnhöhle zurückgezogen hatte, machte sich die Mama große Sorgen um seine Psyche. Weil das ja wirklich nicht normal ist, wenn ein Mensch wie ein Grottenolm lebt. Und ungesund ist es auch. Kaum frische Luft und nur künstliches Licht! Bevor die Ferien angefangen haben, hat er seinen blöden Verschlag ja wenigstens am

Vormittag verlassen müssen, aber seit Ferienanfang ist er echt nur mehr zum Klogehen und Essenholen herausgekommen. Nicht einmal mehr zum Fernschauen!

Und so wie unsere Mama nun einmal ist, hat sie deswegen Schuldgefühle bekommen. „Wäre ich tüchtiger und würde mehr Geld verdienen“, hat sie zu mir gesagt, „dann hätte ich eine größere Wohnung mieten können, der Ani hätte ein eigenes Zimmer gehabt und wäre nie auf diese Wahnsinnsidee verfallen!“ Einmal hat sie auch gesagt: „Hätte ich mich nicht scheiden lassen, würden wir noch in unserem Haus wohnen, und der Ani wäre nicht so schrullig geworden!“

Ich will mich ja nicht speziell aufregen, aber die Mama merkt kaum, daß ich eine „Psyche“ habe. Um die vom Speedi schert sie sich auch nicht viel. Bloß die seelische Verfassung vom Ani, die liegt ihr am Herzen. Das war schon immer so! Er ist ihr Lieblingskind! Auch wenn sie es abstreitet! Wenn sie uns je gefragt hat, was sie kochen soll, und jeder von uns dreien hat sich etwas anderes gewünscht, dann hat sie garantiert das gekocht, was sich der Ani bestellt hat. Und wenn wir alle drei Fieber gehabt haben, alle drei 37,8, dann hat sie getan, als sei nur der Ani krank. Und vor seiner „rasenden Intelligenz“ geht sie sowieso und überhaupt in die Knie! Er ist eben ihr kleines Genie! Und als nun das kleine Genie am Morgen freiwillig ohne das, was er selber seine „zweite Haut“ nennt, auszukommen schien, war die Mama total happy! „Es wird wieder mit ihm“, raunte sie mir mit Glitzerblick zu. „Er kriegt seine Probleme wieder in den Griff!“

Wie ich meine Probleme in den Griff bekomme, ist ihr eher wurscht. Der feine Unterschied ist nämlich der: Der Ani *hat* Probleme, ich *mache ihr* Probleme!

Jedenfalls hätte die Mama wegen einem Problem von mir garantiert nicht solche Aktionen in die Wege geleitet, wie fürs Ani-Problem, das folgendermaßen entstanden ist:

Der Grottenolm hat sich also aus dem Haus begeben. Eh logo und klaro, was ihn aus seiner Zweithaut rausgebracht hat. Ein Inserat in einer Zeitung. Unter „Vermischtes" hat er gelesen, daß jemand eine Wohnung auflöst, in welcher eine Menge Bücher sind. Und die Bücher sind gratis zu haben, wenn man sie abholt. Für Bücher tut mein Bruderherz alles!

Ich bin mit dem Wuzi an die Alte Donau gefahren. Die Mama war ein bißchen sauer, weil ich den Speedi nicht mitgenommen habe. Aber warum soll gerade ich immer den Babysitter spielen? Hätt' ihn der Ani ja auch zum Bücher-Anschauen mitnehmen können! Aber die Mama würde ja gar nicht wagen, dem Ani das auch nur vorzuschlagen. So hat sie den Speedi zur Oma fahren wollen, bevor sie den Laden aufmacht. Sie hat gerade für den Speedi einen Gürtel gesucht, weil ihm ohne Gürtel die Hose über den Hintern gerutscht wäre, da hat es im Bubenzimmer sehr laut gekracht. Die Mama ist hingerannt. Es hat sich ihr ein Katastrophen-Anblick geboten! Die Wohnhöhle vom Ani war total zusammengebrochen, und in den Trümmern der Pawlatschen ist der verdatterte Speedi gehockt.

Der Zwerg hatte mit seinem Fußball herumgespielt, der Ball war auf dem Dach vom Fetzenbungalow gelandet, der

Speedi war aufs Dach geklettert, um den Ball zu holen. Und dieser Belastung war die Wohnhöhle nicht gewachsen gewesen. Weh getan hat sich der Speedi nicht. Aber unheimlich geheult hat er, daß ihn der Ani tot macht, wenn er heimkommt. Und daß die Mama den Fetzenbungalow reparieren muß.

Da es um den Seelenfrieden ihres Herzblattes gegangen ist, hat die Mama das natürlich gleich eingesehen. Sie hat einen Zettel geschrieben: „Wegen Krankheit geschlossen". Den hat der Speedi an die Wolladentür getan. Und die Mama hat sich ans Sortieren der Höhlentrümmer gemacht. Und der Speedi hat nicht nur den Zettel hinter die Ladentür gehängt, er wollte auch den Papa anrufen, damit der zu Hilfe eilt. Weil ihm vor lauter Aufregung die Büronummer vom Papa nicht eingefallen ist, hat er die Wilma angerufen. Deren Nummer steht auf der Mama ihrem Telefonblock. Der Wilma hat er gesagt, sie soll den Papa verständigen. Die Wilma hat ihm das versprochen.

Oben in der Wohnung ist inzwischen die Mama draufgekommen, daß sie allein mit dem Speedi den Fetzenbungalow nicht wird aufbauen können. So hat sie ihren lieben Zwickleder angerufen. Der wollte zwar seine Steuerberaterei nicht verlassen, weil er einen dringenden Brief zu schreiben hatte, doch die Mama hat ihm erklärt, daß es wichtiger sei, einen Brudermord zu verhindern, als einen blöden Brief zu verfassen.

Und die Wilma hat im Büro vom Papa angerufen. Aber der Papa war nicht „zugegen". Und seine Sekretärin hat so getan, als ob sie nicht wüßte, wo er ist. Die Wilma hat für ihn eine Botschaft hinterlassen: „Eremitage kaputt, Soforthilfe nötig“. Dann hat sie in ihrem Büro gesagt, daß ihr speiübel ist, sie muß was Schlechtes gegessen haben, und ist der Mama zu Hilfe geeilt.

Die Sekretärin vom Papa hat aber ohnehin gewußt, wo der Papa ist. Tennisspielen war er. Wahrscheinlich mit seiner allerneuesten Flamme. Das wollte sie bloß der Wilma nicht sagen. Sie hat den Papa am Tennisplatz angerufen, und der hat das Tennismatch mit der Flamme abgebrochen und sich auch auf die „Helfersbeine“ gemacht.

Ich habe von der ganzen Aufregung daheim natürlich keine Ahnung gehabt. Ich habe mit dem Wuzi zufrieden in der Alten Donau herumgeplanscht. Der Zwizwi war auch im Bad und hat sich an die Rosi herangemacht. Und die Rosi war nicht abgeneigt, obwohl ich ihr erklärt habe, daß das Schwierigkeiten ergeben wird, wenn die Lilli vom Teutonengrill zurückkommt. Tut mir echt leid, daß ich nicht daheim war, wie sich der Papa und die Mama, die Wilma und der Zwickleder im Bubenzimmer zwecks Wiederaufbau der blöden Pawlatschen versammelt haben! Es muß ziemlich geknistert haben, vor lauter gegenseitiger Spannung! Vor allem für den Papa muß es eine pikante Situation gewesen sein! Mit der Ex-Frau, der fast schon Ex-Freundin und dem Freund der Ex-Frau gemeinsam hobbyzuwerken, ist ja einigermaßen unalltäglich. Noch dazu bei so einer Arbeit! Bei der man sich doch wie der allerletzte Oberdepp vorkommen muß!

Sie waren auch, alle vier, schon wahnsinnig frustriert, weil sie die Sache überhaupt nicht hinkriegten, da hatte der Dr.

Zwickleder die Super-Idee! Er meinte, diese Idiotenhöhle habe sich der Ani gebaut als Ersatz für ein eigenes Zimmer. Aber das Zimmer sei doch eigentlich groß genug, um es durch eine Trennwand in zwei Teile zu teilen. Und zwei Fenster habe es auch. Also würde jedes Zimmerchen Licht haben. Und er, sagte er, würde lieber so eine Trennwand errichten, als weiter an dieser blöden Fetzenhöhle herumzupfuschen!

Dieser Vorschlag wurde einstimmig angenommen. Mit dem Papa-Auto und dem Zwickleder-Auto raste die vermischte Mannschaft zum nächsten Baumarkt. Der Speedi hat mir erzählt, daß der Dr. Zwickleder das Oberkommando übernommen hat! Und der Papa hat sich ihm untergeordnet, weil der Papa zwei „Linke" hat und der Zwickleder ein begnadeter Hobby-Pfuscher ist.

Zu diesem Zeitpunkt befand ich mich noch immer im Bad. Aber bereits im Aufbruch, weil es gewitterte. Mit viel Blitz und Donner am violetten Horizont. Und im Umkleideraum dann, wie ich in meinem Notizkalender nachschaue, wann ich die nächste Mathe-Nachhilfestunde habe, da sehe ich, daß das heutige Datum rot eingeringelt ist! Siedendheiß fällt mir ein: Heute ist Ani-Geburtstag! Und ich steh ohne Geschenk da! Und ohne Geld!

Vom Wuzi konnte ich mir kein Geld borgen. Der hat sowieso und überhaupt nie eines. Die Rosi hat mir, ganz von selber, einen Leih-Hunderter angeboten. Den habe ich aber dann doch nicht gebraucht, weil mir der Zwizwi einen Kugelschreiber für den Ani geschenkt hat. Einen nagelneuen. So ein echtes Luxus-Griffel-Dings für den Generaldirektor. Kugelschreiber, sagt der Zwizwi, haben sie daheim zum Saufüttern. Sein Vater kriegt zu Weihnachten und zu Neujahr regelmäßig von Firmen und Kunden welche. Weil der Kugelschreiber so wertvoll ausgesehen hat, habe ich ihn zuerst nicht annehmen wollen. Doch der Zwizwi hat augenzwinkernd gesagt: „Bleibt ja fast in der Familie!"

Der Zwizwi ist wirklich ein lieber Knabe, und daß er, rein äußerlich, nicht viel hermacht, vergißt man schnell, wenn man ihn näher kennenlernt. Ich bin bloß neugierig, was die Lilli machen wird, wenn sie nächste Woche aus dem Urlaub zurückkommt. Gewiß, in den Ferien hat sie sich garantiert ein Urlaubs-Kerlchen aufgezwickt, aber dieses Kerlchen wird ja nicht gerade hierorts seinen ständigen Wohnsitz haben. Und außerdem läßt sich die Lilli nicht gern etwas wegnehmen, und schon gar nicht von der Rosi, mit der sie sowieso und überhaupt nicht sehr gut steht.

Die Rosi hat zu mir gesagt: „Wenn sie nicht die Finger vom Zwizwi läßt, dann werden die Fetzen fliegen! Sie hat zwar ältere Anrecht auf ihn, aber das zählt nicht, weil ich ihn wirklich liebe!"

Ich bin also mit dem Wuzi, der Rosi und dem Zwizwi aus Wettergründen vom Bad weg. Weil jede Menge Leute zur gleichen Zeit von dort geflüchtet und zur Straßenbahnhaltestelle gelaufen sind, und weil bei der Straßenbahnhaltestelle nur ein kleines Wartehäuschen ist, und weil es, kaum daß wir dort waren, auch schon hundsmäßig heftig zu regnen angefangen hat, sind wir waschelnaß geworden. Die Rosi wollte uns zu sich heim einladen, zu einer Spontan-Fete, doch pflichtbewußt, wie ich bin, habe ich die Einladung abeglehnt. Den Geburtstag vom Bruder darf man nicht ignorieren! Und die Geburtstagstorte auch nicht! Und beunruhigt war ich außerdem, weil die Mama am Morgen vom Ani-Geburtstag nichts erwähnt hatte. Früher hätte ich mir zwar sowieso und überhaupt nicht vorstellen können, daß die Mama den Geburtstag eines ihrer Kinder vergißt, aber inzwischen habe ich gelernt, mir einiges vorzustellen! Und ich habe mit meiner düsteren Ahnung ja auch recht behalten! (Sie hat sich nachher darauf ausgeredet, daß sie durch den Schock vom Wohnhöhlen-Zusammenbruch das wichtige Datum vergessen hat, aber das ist gemogelt, denn in der Früh, da ist die Hütte noch gestanden, und sie hat getan, als wäre an diesem Tag das einzig Bemerkenswerte, daß der Ani-Darling seine Zweithaut verläßt.)

Während der Wuzi und ich in der vollgestopften Straßenbahn, eingepfercht zwischen feuchten Menschenleibern, heimfuhren, war auch mein Bruderherz auf dem Heimweg von seinem neugewonnen Bücherfreund. Dieser Mensch muß ein komischer Kauz sein. Die vielen Bücher stammen von seiner verstorbenen Tante. Die wollte, daß ein Mensch die Bücher bekommt, der sie schätzt und ehrt. Der Bücherfreund selbst fühlte sich dieser Anforderung nicht gewachsen. Er suchte per Inserat nach einem wirklichen Buchliebhaber und fand unter denen, die bei ihm vorsprachen, mein liebes Bruderherz als passend. Der Ani war ganz gierig nach dem Bücherschatz. Dumm war nur, daß der Bücherfreund die Bücher gleich los haben wollte. Und die Bücher waren so viele, daß sie der Ani auf gar keinem Fall mit der Straßenbahn hätte heimbringen können. Auch wenn er viermal gefahren wäre. Gut zwei Kubikmeter Bücher sind das! Und viermal fahren an einem Tag wäre sich gar nicht ausgegangen, weil die Wohnung der Tante vom Bücherfreund total am Stadtrand liegt, am Arsch der Welt sozusagen.

Der Ani hat beim Papa im Büro angerufen, daß er ihn und die Bücher mit dem Auto abholt. Aber der Papa war natürlich nicht im Büro. Der Ani hat bei der Mama im Laden angerufen, daß sie ihn, nach Ladenschluß wenigstens, von der Tantenwohnung abholt. Aber die Mama war natürlich auch nicht im Büro. Sogar bei der Wilma hat er angerufen. Logo mit dem gleichen Ergebnis! Schließlich erklärte sich der Bücherfreund bereit, die Bücher auf seinem alten Pritschenwagen zu uns zu transportieren. Doch gerade, als er sich dazu erbarmt hatte, fing es zu regnen an. Und der alte Pritschenwagen vom Bücherfreund hat in der Plane über der Ladefläche unzählige Löcher. Da hätte es durchgeregnet, und die Bücher hätten Schaden genommen. Plastik, um sie einzupacken, war anscheinend nicht vorhanden. Der Ani und sein Bücherfreund haben gewartet, daß der Regen endlich aufhört. Hat er aber nicht. Und der Himmel hat so ausgesehen, als würde der Regen das in absehbarer Zeit nicht vorhaben.

Der Bücherfreund meinte, der Ani solle heimfahren. Die Bücher, versprach er dem Ani, werde er ihm morgen liefern, er müsse ohnehin in die Stadt hinein.

Der Ani hat zu mir gesagt, gern hat er sich von seinem Bücherschatz nicht getrennt. Am liebsten hätte er sein Nachtlager auf ihm aufgeschlagen. Aber wahrscheinlich hätte dann unsere Mama die Abgängigkeitsanzeige erstattet. So hat er sich, straßenbahnmäßig, auf den langen Heimweg gemacht. Und wie er daheim ankommt, hämmert und pocht es im Hausflur, aber er denkt gar nicht daran, daß die Geräusche aus unserer Wohnung kommen könnten. Und als er dann unsere Wohnungstür aufmacht, stolpert er über Restplatten und Werkzeug und Plattenabfall. Er kämpft sich zum Bubenzimmer durch und sieht die Mama, die eine Platte auf das Trennwandgerüst nagelt, sieht den Papa und den Zwickleder, die einen Türstock ins Lattengerüst einsetzen, sieht die Wilma, die verzagt versucht, Übergänge zwischen den Platten zu vergipsen. Der Bauabfall liegt kniehoch, und der Speedi wuselt durchs Kniehohe und macht sich wichtig mit Handreichungen und Bierausteilen, weil Hobby-Pfuscher eine Menge Durst bekommen.

Knapp nach dem Ani sind der Wuzi und ich eingetroffen. So knapp danach, daß noch der ganze Freudenschreck im Gesicht vom Ani zu sehen war. Mein Bruderherz spielt ja gern den Ober-Coolen, doch was die Vierermannschaft da für ihn vollbrachte, hat ihn so gerührt, daß es aus war mit der ganzen Coolneß.

Auf einem mit Plastik abgedeckten Berg aus Bettzeug und Speedi-Kram ist er gehockt und hat dreingeschaut, als hätte er einen Einblick ins Paradies! Dann ist er aufgesprungen, hat einen Jubelschrei ausgestoßen und ist auf dem Bettzeug-Kram-Berg gehüpft, als wäre er ein Gummiball. Das muß man sich vorstellen, mein Bruder Ani hüpfend, gummiballmäßig unterwegs! Dazu hat er gebrüllt: „Ich krieg mehr Lebensraum!"

Ich, die ich keine Ahnung vom Einsturz des Fetzenbungalows hatte, habe gedacht, das sei eine geplante Geburtstagsaktion für den Ani, von der man mir nichts gesagt hat, und war einigermaßen sauer. Direkt ausgeschlossen bin ich mir vorgekommen. Gewiß, ich arbeite nicht wahnsinnig gern! Aber fürs Glück meines Bruders hätte ich schon ein paar meiner zarten Fingerchen krumm gemacht! Darum habe ich, leicht vergrämt, gefragt, wann es denn Nachtmahl gibt.

„Fällt heute aus", hat die Mama zu mir gesagt.

„Nicht einmal Torte gibt es?" habe ich gefragt.

„Wieso Torte?" hat sich der Papa erkundigt, doch kaum hatte er es gesagt, war bei ihm der Groschen gefallen. Und bei der Mama auch! Der ist glatt der Hammer aus der Hand gefallen.

„Verdammt", hat der Papa gesagt.

„Verdammt", hat die Mama gesagt.

Der Ani war so glücklich über seine gigantisch vergrößerte Zweithaut, daß er den vergessenen Geburtstagsschmaus nicht übelgenommen hat. Wäre es nach ihm gegangen, hätten wir bis zum nächsten Morgen weitergehackelt, um die Zimmertrennung zu vollenden. Der Papa und der Zwickl (so nenne ich ihn seit neuestem) haben auf Essengehen bestanden. Weil sie hungrig waren, und weil Geburtstage gefeiert gehören! Doch Duschen und Umziehen, haben die beiden Herren beschlossen, sei nicht mehr drin, da würden sie vorher verhungern!

Also gingen wir, so wie wir waren, der Ani, der Wuzi und

ich regennaß tropfend vergammelt, der Rest der Mannschaft voll Sägemehl und Gipsstaub, ins Restaurant an der Ecke. Auch darauf haben die beiden Herren bestanden. Weil das ein sehr gutes Restaurant ist. Da es aber auch ein sehr vornehmes Restaurant ist, wollten die Mama und ich zuerst nicht. „In dem Aufzug", hat die Mama gesagt, „passen wir höchstens zu einem Würstelstand im Prater!" Aber der Papa, die Wilma und der Zwickl haben sie ausgelacht.

Wahrscheinlich hätten uns die Ober im Restaurant an der Ecke ohnehin keinen Tisch gegeben, doch der Zwickleder ist dort bekannt. Er hat schon oft dort gegessen und viel Geld dafür bezahlt. Aber blöd geschaut haben die Ober und die anderen Gäste schon. So eine „Maurerpartie" ist sicher dort noch nie eingekehrt. Und dann, als sich der Zwickl Holzstaub aus der Nase schneuzen wollte und sein Taschentuch aus der Hose zog, rutschten noch allerhand Nägel, Schrauben und Beilagscheiben mit, fielen zu Boden und rollten über das piekfein gewachste Parkett. Peinsam peinlich! Und der Speedi hat dann natürlich noch sein Apfelsaftglas umgeworfen! Und wie ich auf dem Klo gesessen bin, sind zwei Damen vom Nebentisch in den Klovorraum gekommen. Die eine hat zur anderen gesagt: „So was von merkwürdiger Gesellschaft, da neben uns! Die passen doch überhaupt nicht rein! Was sind denn das für welche?"

„Keine Ahnung", hat die andere geantwortet. „Jedenfalls eine Zumutung für alle anderen Gäste!"

Na ja! Vielleicht sind wir wirklich eine merkwürdige Gesellschaft! Auch wenn wir nicht regen-tropfnaß sind und ohne Sägemehl und Gips. Und eine Zumutung sind wir vielleicht auch. Nicht bloß für die anderen, sondern auch gegenseitig untereinander. Aber im Moment finde ich uns alle ganz reizend. Könnte leicht sein, daß ich nächste Woche meine diesbezügliche Meinung vorübergehend wieder ändern muß. Aber ich finde, Hauptsache, die Gewißheit ist da, daß man nicht alleine im Regen stehengelassen wird, wenn man dringend einen Regenschirm braucht. Daß das so ist, hat der Einsturz der Wohnhöhle bewiesen. Und daß wir eine größere Auswahl an Regenschirmen haben als andere Kinder, das ist ja auszuhalten!

Ich habe den Ani und den Speedi gefragt, ob ich mit dieser Meinung allein dastehe. Tue ich nicht. Die beiden geben mir – vollinhaltlich – recht!

Inhaltsverzeichnis